U0088365

雅典文化

◉ 配合實用例句介紹，詳列相關單字

雅典日研所　編著

每日一字 生活日語

＋MP3

附50音發音表

精選日本人最常使用的日語單字
配合生動的實戰短句輔以相關延伸單字

SUN	MON	TUE	WED	THU	FRI	SAT
		01 なまえ 名字	02 しつれい 失禮	03 はじめまして 初次見面	04 どうぞ 請	05 ありがとう 謝謝
06 どういたしまして 不客氣	07 すみません 對不起	08 さようなら 再見	09 ください 請	10 お願いします 拜託	11 こんにちは 你好	12 だれ 誰
13 どんな 什麼樣的	14 いくつ 幾個	15 なに 什麼	16 いつ 什麼時候	17 いくら 多少	18 どの 哪個	19 どこ 哪裡
20 どっち 哪一個	21 どう 怎麼樣	22 なんで 爲什麼	23 はい 好	24 いいえ 不是	25 なか 裡面	26 そと 外面
27 うえ 上面	28 した 下面	29 みぎ 右邊	30 ひだり 左邊	31 まえ 前面		

一天一字，累積日語單字力！

50音基本發音表

清音

• track 002

a	ㄚ	i	ㄧ	u	ㄨ	e	ㄝ	o	ㄡ
あ	ア	い	イ	う	ウ	え	エ	お	オ
ka	ㄎㄚ	ki	ㄎㄧ	ku	ㄎㄨ	ke	ㄎㄝ	ko	ㄎㄡ
か	カ	き	キ	く	ク	け	ケ	こ	コ
sa	ㄙㄚ	shi	ㄒ	su	ㄙ	se	ㄙㄝ	so	ㄙㄡ
さ	サ	し	シ	す	ス	せ	セ	そ	ソ
ta	ㄊㄚ	chi	ㄑㄧ	tsu	ㄘ	te	ㄊㄝ	to	ㄊㄡ
た	タ	ち	チ	つ	ツ	て	テ	と	ト
na	ㄋㄚ	ni	ㄋㄧ	nu	ㄋㄨ	ne	ㄋㄝ	no	ㄋㄡ
な	ナ	に	ニ	ぬ	ヌ	ね	ネ	の	ノ
ha	ㄏㄚ	hi	ㄏㄧ	fu	ㄈㄨ	he	ㄏㄝ	ho	ㄏㄡ
は	ハ	ひ	ヒ	ふ	フ	へ	ヘ	ほ	ホ
ma	ㄇㄚ	mi	ㄇㄧ	mu	ㄇㄨ	me	ㄇㄝ	mo	ㄇㄡ
ま	マ	み	ミ	む	ム	め	メ	も	モ
ya	ㄧㄚ			yu	ㄧㄩ			yo	ㄧㄡ
や	ヤ			ゆ	ユ			よ	ヨ
ra	ㄌㄚ	ri	ㄌㄧ	ru	ㄌㄨ	re	ㄌㄝ	ro	ㄌㄡ
ら	ラ	り	リ	る	ル	れ	レ	ろ	ロ
wa	ㄨㄚ			o	ㄡ			n	ㄣ
わ	ワ			を	ヲ			ん	ン

濁音

• track 003

ga	ㄍㄚ	gi	ㄍㄧ	gu	ㄍㄨ	ge	ㄍㄝ	go	ㄍㄡ
が	ガ	ぎ	ギ	ぐ	グ	げ	ゲ	ご	ゴ
za	ㄗㄚ	ji	ㄐㄧ	zu	ㄗ	ze	ㄗㄝ	zo	ㄗㄡ
ざ	ザ	じ	ジ	ず	ズ	ぜ	ゼ	ぞ	ゾ
da	ㄉㄚ	ji	ㄐㄧ	zu	ㄗ	de	ㄉㄝ	do	ㄉㄡ
だ	ダ	ぢ	ヂ	づ	ヅ	で	デ	ど	ド
ba	ㄅㄚ	bi	ㄅㄧ	bu	ㄅㄨ	be	ㄅㄟ	bo	ㄅㄡ
ば	バ	び	ビ	ぶ	ブ	べ	ベ	ぼ	ボ
pa	ㄆㄚ	pi	ㄆㄧ	pu	ㄆㄨ	pe	ㄆㄝ	po	ㄆㄡ
ぱ	パ	ぴ	ピ	ぷ	プ	ぺ	ペ	ぽ	ポ

拗音

•track 004

kya	ㄎㄧㄚ	kyu	ㄎㄧㄩ	kyo	ㄎㄧㄡ
きゃ	キャ	きゅ	キュ	きょ	キョ
sha	ㄒㄧㄚ	shu	ㄒㄧㄩ	sho	ㄒㄧㄡ
しゃ	シャ	しゅ	シュ	しょ	ショ
cha	ㄑㄧㄚ	chu	ㄑㄧㄩ	cho	ㄑㄧㄡ
ちゃ	チャ	ちゅ	チュ	ちょ	チョ
nya	ㄋㄧㄚ	nyu	ㄋㄧㄩ	nyo	ㄋㄧㄡ
にゃ	ニャ	にゅ	ニュ	にょ	ニョ
hya	ㄏㄧㄚ	hyu	ㄏㄧㄩ	hyo	ㄏㄧㄡ
ひゃ	ヒャ	ひゅ	ヒュ	ひょ	ヒョ
mya	ㄇㄧㄚ	myu	ㄇㄧㄩ	myo	ㄇㄧㄡ
みゃ	ミャ	みゅ	ミュ	みょ	ミョ
rya	ㄌㄧㄚ	ryu	ㄌㄧㄩ	ryo	ㄌㄧㄡ
りゃ	リャ	りゅ	リュ	りょ	リョ

gya	ㄍㄧㄚ	gyu	ㄍㄧㄩ	gyo	ㄍㄧㄡ
ぎゃ	ギャ	ぎゅ	ギュ	ぎょ	ギョ
ja	ㄐㄧㄚ	ju	ㄐㄧㄩ	jo	ㄐㄧㄡ
じゃ	ジャ	じゅ	ジュ	じょ	ジョ
ja	ㄐㄧㄚ	ju	ㄐㄧㄩ	jo	ㄐㄧㄡ
ぢゃ	ヂャ	づゅ	ヂュ	ぢょ	ヂョ
bya	ㄅㄧㄚ	byu	ㄅㄧㄩ	byo	ㄅㄧㄡ
びゃ	ビャ	びゅ	ビュ	びょ	ビョ
pya	ㄆㄧㄚ	pyu	ㄆㄧㄩ	pyo	ㄆㄧㄡ
ぴゃ	ピャ	ぴゅ	ピュ	ぴょ	ピョ

● 平假名 | 片假名

問候、自我介紹

發問、回答

空間、位置

天氣、天災

食物

情緒

顏色、形狀

日期、時間

職業

家族

個性

傢俱

生活用品

電器

房間、格局

交通、交通工具

街道、建物

大自然風景

植物、水果、蔬菜

動物

人體

受傷、生病

宇宙

衣物

購物

動詞

興趣

動漫電玩

音樂

一天一個單字，日語輕鬆學

SAT					
FRI					
THU					
WED					
TUE					
MON					
SUN					

問候

自我介紹

名前（なまえ）
na.ma.e.

名字

說明

詢問對方名字時，要在「名前（なまえ）」前面加上「お」，表示禮貌。介紹自己名字時，則不必加上「お」。

實用短句

お名前（なまえ）をお聞（き）かせいただけますか。

o.na.ma.e.o./o.ki.ka.se./i.ta.da.ke.ma.su.ka.

可以請問您的大名嗎？

私（わたし）の名前（なまえ）は前田明子（まえだあきこ）です。

wa.ta.shi.no./na.ma.e.wa./ma.e.da./a.ki.ko./de.su.

我的名字是前田明子。

延伸單字

苗字（みょうじ）	姓 myo.u.ji.
呼び名（よびな）	稱呼、被叫做 yo.bi.na.
あだ名（な）	綽號 a.da.na.
本名（ほんみょう）	本名 ho.n.myo.u.

失礼

shi.tsu.re.i.

失禮、抱歉

說明

「失礼」可以用在很多情況，通常是覺得會打擾對方，或是造成對方不便時。比方說是在借過、先退席之類的場合，會說「失礼します」來表示歉意。

實用短句

失礼しました。

shi.tsu.re.i./shi.ma.shi.ta.

抱歉了。/打擾了。

それでは失礼します。

so.re.de.wa./shi.tsu.re.i./shi.ma.su.

那麼，我就先告辭了。(用於退席或離開時)

延伸單字

不行き届き	不週到 fu.yu.ki./to.do.ki.
僭越	僭越 se.n.e.tsu.
不謹慎	不謹慎 fu.ki.n.shi.n.
失敬	失敬 shi.kke.i.

track 006

初めまして

ha.ji.me.ma.shi.te.

初次見面

說明

在初次見面時，會說「はじめまして」表示「初次見面，請多指教」之意。

實用短句

はじめまして、田中と申します。

ha.ji.me.ma.shi.te./ta.na.ka.to./mo.u.shi.ma.su.

初次見面，我叫田中。

はじめまして、どうぞよろしくお願いいたします。

ha.ji.me.ma.shi.te./do.u.zo./yo.ro.shi.ku./o.ne.ga.i./i.ta.shi.ma.su.

初次見面，請多多指教。

延伸單字

お初にお目にかかります	初次見面 o.ha.tsu.ni./o.me.ni./ka.ka.ri.ma.su.
初めてお会いします	初次見面 ha.ji.me.te./o.a.i./shi.ma.su.
お目にかかります	見面、拜訪 o.me.ni./ka.ka.ri.ma.su.

どうぞ
do.u.zo.
請

說明

「どうぞ」和中文裡的「請」意思相同，用法也和中文裡的用法大致相同。

實用短句

どうぞよろしく。
do.u.zo./yo.ro.shi.ku.
請多指教。

どうぞお掛(か)けください。
do.u.zo./o.ka.ke./ku.da.sa.i.
請坐。

延伸單字

ご遠慮(えんりょ)なく	請不要客氣 go.e.n.ryo.na.ku.
お好(す)きなように	依你所想的 o.su.ki.na.yo.u.ni.
お楽(らく)に	請不要感覺拘謹 o.ra.ku.ni.
ご随意(ずいい)に	請自便 go.zu.i.i.ni.

ありがとう

a.ri.ga.to.u.

謝謝

說明

謝謝有許多說法，最常見的就是「ありがとう」。如果比較尊敬、禮貌的說法則是「ありがとうございます」，非正式的說法是「どうも」。

實用短句

ありがとうございます。

a.ri.ga.to.u./go.za.i.ma.su.

謝謝。

本当(ほんとう)にありがとう。

ho.n.to.u.ni./a.ri.ga.to.u.

真的很謝謝。

延伸單字

どうも	謝謝 do.u.mo.
サンキュー	謝謝 sa.n.kyu.u.
感謝(かんしゃ)します	很感謝 ka.n.sha.shi.ma.su.
お礼(れい)を言(い)う	表示謝意 o.re.i.o./i.u.

どういたしまして

do.u.i.ta.shi.ma.shi.te.

不客氣

說明

「どういたしまして」是收到別人的感謝時，表示「不客氣」的意思。也可以說「いいえ」。

實用短句

Ⓐ 大変(たいへん)お世話(せわ)になりました。ありがとうございます。

ta.i.he.n./o.se.wa.ni./na.ri.ma.shi.ta./a.ri.ga.to.u./go.za.i.ma.su.

受你很多幫助，謝謝。

Ⓑ いいえ、どういたしまして。

i.i.e./do.u.i.ta.shi.ma.shi.te.

哪裡，不客氣。

延伸單字

いいえ	沒什麼、不 i.i.e.
お気(き)になさらず	別在意 o.ki.ni./na.sa.ra.zu.

すみません

su.mi.ma.se.n.

對不起

說明

「すみません」也可以說成「すいません」，除了這個說法，較不正式的場合可以說「ごめん」、「悪(わる)い」，正式有禮貌的說法則是「申(もう)し訳(わけ)ありません」。

實用短句

ご迷惑(めいわく)をおかけしてすみません。

go.me.i.wa.ku.o./o.ka.ke.shi.te./su.mi.ma.se.n.

造成你的困擾很抱歉。

遅(おく)れてすみません。

o.ku.re.te./su.mi.ma.se.n.

對不起我遲到了。

延伸單字

ごめんなさい	對不起 go.me.n.na.sa.i.
申(もう)し訳(わけ)ありません	很抱歉 mo.u.shi.wa.ke./a.ri.ma.se.n.
悪(わる)い	對不起 wa.ru.i.
すいません	對不起 su.i.ma.se.n.

さようなら

sa.yo.u.na.ra.

再見

說明

「さようなら」是用在要長久分別之前，如果是不久後就會再見面的情況，則會說「またね」或「バイバイ」。

實用短句

では、さようなら。

de.wa./sa.yo.u.na.ra.

那麼，再見了。

さようなら、どうぞお先（さき）に。

sa.yo.u.na.ra./do.u.zo./o.sa.ki.ni.

再見，請你先(離開)吧。

延伸單字

またね	再見、待會兒見 ma.ta.ne.
バイバイ	再見、bye-bye ba.i.ba.i.
じゃね	再見、待會見 ja.ne.

ください
ku.da.sa.i.

請

說明

「ください」是請的意思，有請對方做某件事，或是請對方給自己某樣東西的時候，用來表達自己要求的單字。

實用短句

ハンバーガー1つください。

ha.n.ba.a.ga.a./hi.to.tsu./ku.da.sa.i.

請給我一個漢堡。

窓を閉めてください。

ma.do.o./shi.me.te./ku.da.sa.i.

請把窗戶關起來。

延伸單字

お願い	拜託 o.ne.ga.i.
頼みます	請託 ta.no.mi.ma.su.
頂戴	幫我……、給我…… cho.u.da.i.
ほしい	希望（對方做什麼）、想要 ho.shi.i.

お願いします

o.ne.ga.i./shi.ma.su.

拜託

說明

「お願いします」是用在表達請求後，表示拜託、請求的意思。

實用短句

なんとかお願いします。

na.n.to.ka./o.ne.ga.i.shi.ma.su.

無論如何請幫幫忙。

あとは、よろしくお願いします。

a.to.wa./yo.ro.shi.ku./o.ne.ga.i./shi.ma.su.

接下來就拜託你了。

延伸單字

よろしく	拜託 yo.ro.shi.ku.
お願いいたします	拜託 o.ne.ga.i./i.ta.shi.ma.su.
お願い申しあげます	拜託 o.ne.ga.i./mo.u.shi.a.ge.ma.su.

こんにちは

ko.n.ni.chi.wa.

你好

說明

「こんにちは」是除了早上和晚上，見面時打招呼用的句子。如果是早上見面時會說「おはよう」，晚上見面會說「こんばんは」。

實用短句

こんにちは。今日(きょう)はいい天気(てんき)ですね。

ko.n.ni.chi.wa./kyo.u.wa./i.i.te.n.ki./de.su.ne.

你好，今天天氣真好。

こんにちは。最近(さいきん)どうですか。

ko.n.ni.chi.wa./sa.i.ki.n./do.u.de.su.ka.

你好，最近過得如何？

延伸單字

おはよう	早安 o.ha.yo.u.
こんばんは	晚安(晚上碰面時) ko.n.ba.n.wa.
おやすみなさい	晚安(睡覺前) o.ya.su.mi.na.sa.i
ひさしぶり	好久不見 hi.sa.shi.bu.ri.

發問
回答

誰
da.re.
誰

說明

「誰」是用來問不知道的人的身分、名字。

實用短句

誰が来たと思いますか。
da.re.ga./ki.ta.to./o.mo.i.ma.su.ka.
你猜是誰來過了？

これは誰のジャケットですか。
ko.re.wa./da.re.no./ja.ke.tto./de.su.ka.
這是誰的外套呢？

延伸單字

何者	什麼人 na.ni.mo.no.
どなた	哪位 do.na.ta.
どちらさま	哪位 do.chi.ra.sa.ma.

どんな
do.n.na.
什麼樣的

說明

「どんな」是用於對某事物感到好奇，問「什麼樣的」、「怎麼樣的」、「如何的」之類的情況。

實用短句

どんな会社(かいしゃ)ですか。
do.n.na./ka.i.sha./de.su.ka.
是什麼樣的公司呢？

どんな様子(ようす)の人(ひと)ですか。
do.n.na./yo.u.su.no./hi.to./de.su.ka.
是怎麼樣打扮的人呢？

延伸單字

どんな	怎麼樣的 do.n.na.
どういった	怎麼樣的 do.u.i.tta.
どのような	怎麼樣的 do.no.yo.u.na.
どういう	怎麼樣的 do.u.i.u.

いくつ

i.ku.tsu.

幾個、幾歲

說明

「いくつ」是用來詢問物品的數量，也可以用來詢問年紀。

實用短句

この箱にみかんがいくつ入っていますか。

ko.no.ha.ko.ni./mi.ka.n.ga./i.ku.tsu./ha.i.tte./i.ma.su.ka.

這個箱子裡面放了幾個橘子呢？

お子さんはおいくつですか。

o.ko.sa.n.wa./o.i.ku.tsu./de.su.ka.

請問您的孩子幾歲了呢？

延伸單字

何個	幾個 na.n.ko.
何歳	幾歲 na.n.sa.i.
どのくらい	大約多少(個) do.no.ku.ra.i.
いくら	幾個、多少錢 i.ku.ra.

何（なに）
na.ni.

什麼

說明

「何（なに）」是「什麼」的意思，用來詢問事、物。

實用短句

小説（しょうせつ）で何（なに）が一番（いちばん）好（す）きですか。

sho.u.se.tsu.de./na.ni.ga./i.chi.ba.n./su.ki.de.su.ka.

最喜歡的小說是什麼？

何（なに）を探（さが）していますか。

na.ni.o./sa.ga.shi.te./i.ma.su.ka.

你在找什麼？

延伸單字

どんな	什麼樣的 do.n.na.
どうして	為什麼 do.u.shi.te.
何（なに）ごと	什麼事 na.ni.go.to.
何（なん）の	什麼樣的 na.n.no.

いつ
i.tsu.
什麼時候

說明

「いつ」是用來詢問日期、時間。

實用短句

それはいつのことですか。
so.re.wa./i.tsu.no./ko.to./de.su.ka.
那是什麼時候的事？

いつ起きましたか。
i.tsu./o.ki.ma.shi.ta.ka.
什麼時候發生的？/幾點起床的？

延伸單字

何時	幾點 na.n.ji.
何日	幾日 na.n.ni.chi.
何曜日	星期機 na.n.yo.u.bi.
何月	哪個月份 na.n.ga.tsu.

いくら
i.ku.ra.
多少、多少錢

說明

「いくら」和「いくつ」一樣可以用來詢問數量，但是「いくら」還能用來詢問價格。

實用短句

それをいくらで買(か)いましたか。
so.re.o./i.ku.ra.de./ka.i.ma.shi.ta.ka.
那是用多少錢買的？

このかばんの重(おも)さはいくらありますか。
ko.no.ka.ba.n.no./o.mo.sa.wa./i.ku.ra./a.ri.ma.su.ka.
那個包包有多重？

延伸單字

どれほど	大約多少 do.re.ho.do.
どれくらい	大約多少 do.re.ku.ra.i.
どのくらい	大約多少 do.no.ku.ra.i.
いくらくらい	大約多少 i.ku.ra.ku.ra.i.

どの
do.no.
哪個

說明

「どの」是在多個選擇中，詢問對方是哪一個。

實用短句

どの駅(えき)で降(お)りるのですか。

do.no.e.ki.de./o.ri.ru.no./de.su.ka.

要在哪一站下車呢？

どの辺(へん)にお住(す)まいですか。

do.no.he.n.ni./o.su.ma.i./de.su.ka.

請問你住在哪邊呢？

延伸單字

何(なん)の	什麼的、什麼樣的 na.n.no.
どれ	哪一個 do.re.
どっち	哪一個(二選一) do.cchi.
どちら	哪一個 do.chi.ra.

どこ

do.ko.

哪邊、哪裡

說明

「どこ」是用在詢問地點、位置時使用。較禮貌的說法是「どちら」。

實用短句

ここはどこですか。

ko.ko.wa./do.ko.de.su.ka

這裡是哪裡呢？

どこの店(みせ)で買(か)ったのですか。

do.ko.no./mi.se.de./ka.tta.no./de.su.ka.

這是在哪邊的店買的呢？

延伸單字

どちら	哪裡、哪邊 do.chi.ra.
いずこ	哪邊、哪裡 i.zu.ko.
どこいら辺(へん)	哪邊 do.ko.i.ra.he.n.
どの辺(へん)	哪邊 do.no.he.n.

どっち

do.cchi.

哪一個

說明

「どっち」是用在只有2個選擇時，詢問對方要選擇其中的哪一個時使用。如果是多個選擇的話，就用「どれ」、「どの」。

實用短句

どっちのケーキが好(す)きですか。

do.cchi.no./ke.e.ki.ga./su.ki.de.su.ka.

你喜歡哪一個蛋糕？

どっちがどっちか見分(みわ)けがつきません。

do.cchi.ga./do.cchi.ka./mi.wa.ke.ga./tsu.ki.ma.se.n.

分不出來哪個是哪個。

延伸單字

どれ	哪一個 do.re.
どちら	哪一個 do.chi.ra.
どれも	哪個都 do.re.mo.

どう
do.u.
怎麼樣、怎麼

說明

「どう」是用於詢問事物的情況、程度，或是問對方的想法、做法。較禮貌的說法是「いかが」。

實用短句

どう思（おも）いますか。
do.u./o.mo.i.ma.su.ka.
你覺得如何？

今朝（けさ）の気分（きぶん）はどうですか。
ke.sa.no./ki.bu.n.wa./do.u.de.su.ka.
今天早上身體怎麼樣？

延伸單字

いかが	如何 i.ka.ga.
どのように	怎麼樣的 do.no.yo.u.ni.
どんなふうに	怎麼樣的 do.n.na.fu.u.ni.
どういうように	怎麼樣的 do.u.i.u.yo.u.ni.

なんで
na.n.de.
為什麼

說明

「なんで」是用來詢問原因、理由；比較有文言的說法是「なぜ」。「なんで」也可以用來詢問使用的「方法」、「手段」。

實用短句

なんで遅刻(ちこく)しましたか。
na.n.de./chi..ko.ku./shi.ma.shi.ta.ka.
為什麼遲到了呢？

なんで彼(かれ)のことが嫌(きら)いですか。
na.n.de./ka.re.no./ko.to.ga./ki.ra.i./de.su.ka.
為什麼不喜歡他呢？

延伸單字

どうして	為什麼 do.u.shi.te.
なぜ	為什麼 na.ze.
訳(わけ)	理由、藉口 wa.ke.
理由(りゆう)	理由 ri.yu.u.

はい
ha.i.
好、對

說明

「はい」是用於回應對方。表示「對」、「好」，還有點名時表示「我在」，都是使用「はい」。對朋友等較非正式的說法，是「うん」。

實用短句

はい、分かりました。
ha.i./wa.ka.ri.ma.shi.ta.
好的，我知道了。

はい、それで結構です。
ha.i./so.re.de./ke.kko.u.de.su.
好了，可以了。

延伸單字

うん	對、好 u.n.
贊成	贊成 sa.n.se.i.
オッケー	好、OK o.kke.e.
いいよ	好啊、可以啊 i.i.yo.

いいえ

i.i.e.

沒有、不是

說明

「いいえ」用於回答時，表示否定的意思。非正式的說法是「ううん」或「いや」。

實用短句

いいえ、知りません。

i.i.e./shi.ri.ma.se.n.

不，我不知道。

いいえ、ここじゃないです。

i.i.e./ko.ko.ja.na.i.de.su.

不，不是這裡。

延伸單字

違います	不是、不同 chi.ga.i.ma.su.
ううん	不是、不 u.u.n.
いや	不 i.ya.

空間 位置

中

na.ka.

裡面、內部

說明

「中」是表示空間或物體的「裡面」之意。若是要表示「中間」的意思，則是「真ん中」或「間」。

實用短句

箱の中に何が入っていますか。

ha.ko.no./na.ka.ni./na.ni.ga./ha.i.tte./i.ma.su.ka.

箱子裡裝了什麼？

中に入ってもいいですか。

na.ka.ni./ha.i.tte.mo./i.i.de.su.ka.

可以進去裡面嗎？

延伸單字

うち	之中、裡面 u.chi.
真ん中	正中央 ma.n.na.ka.
内側	裡面、內測 u.chi.ga.wa.
間	(多個東西)之間、中間 a.i.da.

そと
外
so.to.
外面

說明

「外」是表示空間上的外面、外側。

實用短句

窓から外を見ます。

ma.do.ka.ra./so.to.o./mi.ma.su.

從窗子看出去。

外で遊びます。

so.to.de./a.so.bi.ma.su.

在外面玩。

延伸單字

外側	外側 so.to.ga.wa.
戸外	戶外 ko.ga.i.
表面	表面 hyo.u.me.n.
表	表面、上側、外面 o.mo.te.

うえ
上
u.e.
上面

說明

「上」是表示空間位置的「上面」、「表面」，也可以用來表示抽象的上下關係。

實用短句

その帽子は棚の上から3段目にあります。
so.no.bo.u.shi.wa./ta.na.no.u.e.ka.ra./sa.n.da.n.me.ni./a.ri.ma.su.
那頂帽子放在架子從上數來第3層。

池の上に氷が張っています。
i.ke.no.u.e.ni./ko.o.ri.ga./ha.tte.i.ma.su.
池塘的表面上結了一層冰。

延伸單字

表面	表面 hyo.u.me.n.
上段	上層、上半部 jo.u.da.n.
上部	上半部 jo.u.bu.
高い	高的 ta.ka.i.

したた
下
shi.ta.

下面

說明

「下」表示空間位置的「下面」、「下層」之意，也可以用來表示抽象的上下關係。

實用短句

椅子の下に猫がいます。

i.su.no.shi.ta.ni./ne.ko.ga./i.ma.su.

椅子下面有貓。

木の下から空を見上げます。

ki.no.shi.ta.kra.ra./so.ra.o./mi.a.ge.ma.su.

從樹下抬頭看天空。

延伸單字

底	底部、底端 so.ko.
直下	正下方 cho.kka.
低い	低的 hi.ku.i.
下方	下端、下方 ka.ho.u.

右(みぎ)

mi.gi.

右

說明

「右(みぎ)」用來表示方向的「右邊」。

實用短句

右(みぎ)に見(み)えるあの建物(たてもの)は銀行(ぎんこう)です。

mi.gi.ni./mi.e.ru./a.no./ta.te.mo.no.wa./gi.n.ko.u.de.su.

在右邊看到的建築物是銀行。

角(かど)を右(みぎ)に曲(ま)がります。

ka.do.o./mi.gi.ni./ma.ga.ri.ma.su.

在轉角往右轉。

延伸單字

右手(みぎて)	右手 mi.gi.te.
右折(うせつ)	右轉 u.se.tsu.
右側(みぎがわ)	右側 mi.gi.ga.wa.
右方(うほう)	右方 u.ho.u.

ひだり
左
hi.da.ri.

左

說明

「左（ひだり）」用來表示方向的「左邊」。

實用短句

机（つくえ）の左（ひだり）に立（た）ちなさい。

tsu.ku.e.no./hi.da.ri.ni./ta.chi.na.sa.i.

請站在桌子的左邊。

左（ひだり）から3人目（にんめ）が私（わたし）の兄（あに）です。

hi.da.ri.ka.ra./sa.n.ni.n.me.ga./wa.ta.shi.no./a.ni.de.su.

從左數過來第3個人是我哥哥。

延伸單字

左手（ひだりて）	左手 hi.da.ri.te.
左折（させつ）	左轉 sa.se.tsu.
左側（ひだりがわ）	左側 hi.da.ri.ga.wa.
左方（さほう）	左邊 sa.ho.u.

前

ma.e.

前面、前方

說明

「前」表示「前面」、「前方」之意。

實用短句

前に進みます。

ma.e.ni./su.su.mi.ma.su.

向前進。

前から3番目の席です。

ma.e.ka.ra./sa.n.ba.n.me.no./se.ki.de.su.

從前面數來第3個位子。

延伸單字

正面	正面 sho.u.me.n.
目の前	眼前 me.no.ma.e.
駅前	車站前面 e.ki.ma.e.
手前	眼前 te.ma.e.

後ろ

u.shi.ro.

後面

說明

「後ろ」表示空間位置的「後面」。

實用短句

彼は椅子の後ろに立っています。

ka.re.wa./i.su.no./u.shi.ro.ni./ta.tte./i.ma.su.

他站在椅子後面。

後ろの席はまだ空いています。

u.shi.ro.no./se.ki.wa./ma.da./a.i.te.i.ma.su.

後面的位子還空著。

延伸單字

背後	背後 ha.i.go.
裏	反面、背面、裡面 u.ra.
最後	最後 sa.i.go.

てまえ
手前
te.ma.e.
眼前、前方

說明

「手前」是表示在眼前，或是很近距離的前方。和「前」不同的是，「手前」的距離更短，更有近在眼前的感覺。

實用短句

郵便局の手前を左へ曲がってください。
yu.u.bi.n.kyo.ku.no./te.ma.e.o./hi.da.ri.e./ma.ga.tte./ku.da.sa.i.
請在郵局前面向左轉。

京都より一つ手前の駅で降りました。
kyo.u.to.yo.ri./hi.to.tsu.ma.e.no./e.ki.de./o.ri.ma.shi.ta.
在京都前一站下車了。

延伸單字

こちら	這裡 ko.chi.ra.
こちら側	這邊 ko.chi.ra.ga.wa.
前	前面 ma.e.
寄りつき	靠近 yo.ri.tsu.ki.

おく
奥
o.ku.

裡面、深處

說明

「奥（おく）」表示事物的「裡面」、「深處」之意。

實用短句

ジャングルの奥（おく）へと進（すす）みます。

ja.n.gu.ru.no./o.ku.e.to./su.su.mi.ma.su.

往叢林的深處前進。

3号室（ごうしつ）は一番奥（いちばんおく）の部屋（へや）です。

sa.n.go.shi.tsu.wa./i.chi.ba.n./o.ku.no./he.ya.de.su.

3號房是最裡面的那間。

延伸單字

底（そこ）	底部 so.ko.
隅（すみ）	角落 su.mi.
内部（ないぶ）	內部 na.i.bu.
中（なか）	裡面 na.ka.

track 023

向こう

mu.ko.u.

較遠的前方、另一邊

說明

「向こう」雖然也有「前方」的意思，但是指的是比「前方」更遠的地方。或者是指隔著某樣東西的另一邊。

實用短句

向こうを向いてください。

mu.ko.u.o./mu.i.te./ku.da.sa.i.

請向著另一邊。

向こうへ行きなさい。

mu.ko.u.e./i.ki.na.sa.i.

到另一邊去。

延伸單字

向こう側	遠方、前方 mu.ko.u.ga.wa.
あちら側	(較遠的)那邊 a.chi.ra.ga.wa.
あっち側	(較遠的)那邊 a.cch.ga.wa.
反対側	對面 ha.n.ta.i.ga.wa.

天氣 天災

晴れ

ha.re.

晴天

說明

「晴れ」是名詞，若是動詞，則爲「晴れる」。「晴れのち曇り」指的是晴天之後轉爲多雲的天氣。

實用短句

明日は晴れでしょう。

a.shi.ta.wa./ha.re./de.sho.u.

明天是晴天。

晴れのち曇りの天気です。

ha.re.no.chi./ku.mo.ri.no./te.n.ki.de.su.

晴轉多雲的天氣。

近似單字

いい天気	好天氣 i.i.te.n.ki.
うららかな	晴朗的 u.ra.ra.ka.na.
快晴	晴朗、萬里無雲 ka.i.se.i.
晴れ上がります	放晴 ha.re.a.ga.ri.ma.su.

あめ

雨

a.me.

雨

說明

日本也有梅雨季，在日本，梅雨叫做「梅雨（つゆ）」，每年會有「梅雨前線（ばいうぜんせん）」，預測日本全國各地梅雨開始的時間。另外，梅雨季結束就做「梅雨明け（つゆあけ）」。

實用短句

雨（あめ）が降（ふ）り始（はじ）めました。

a.me.ga./fu.ri.ha.ji.me.ma.shi.ta.

開始下雨了。

雨（あめ）がやみました。

a.me.ga./ya.mi.ma.shi.ta.

雨停了。

延伸單字

霧雨（きりさめ）	毛毛細雨 ki.ri.sa.me.
梅雨（つゆ）	梅雨 tsu.yu.
雷雨（らいう）	雷雨 ra.i.u.
大雨（おおあめ）	大雨 o.o.a.me.

track 025

曇（くも）り

ku.mo.ri.

陰天

說明

「曇（くも）り」是多雲之意，動詞則爲「曇（くも）る」，有多雲、起霧之意。

實用短句

今日（きょう）は曇（くも）りです。

kyo.u.wa./ku.mo.ri./de.su.

今天是陰天。

曇（くも）りのち晴（は）れ。

ku.mo.ri.no.chi.ha.re.

多雲後放晴。

延伸單字

曇（くも）り空（ぞら）	陰天、多雲 ku.mo.ri.so.ra.
曇天（どんてん）	陰天 do.n.te.n.
どんより	陰暗的、多雲的 do.n.yo.ri.
雲行（くもゆ）き	雲的走向 ku.mo.yu.ki.

寒い

sa.mu.i.

冷的

說明

「寒い」是指氣溫上的寒冷，若是感覺涼爽，則是說「涼しい」。指物體、飲料冰冷，則是用「冷たい」。另外，說一個人把場子搞冷，也可以用「寒い」。

實用短句

寒くてたまりません。

sa.mu.ku.te./ta.ma.ri.ma.se.n.

冷到受不了。

すっかり寒くなりました。

su.kka.ri./sa.mu.ku./na.ri.ma.shi.ta.

徹底變冷了。

延伸單字

肌寒い	感到涼意 ha.da.sa.mu.i.
冷たい	冰冷 tsu.me.ta.i.
冷え込みます	變冷 hi.e.ko.mi.ma.su.
寒気	涼意 ka.n.ki.

暑い

a.tsu.i.

熱的

說明

「暑い」是指天氣熱、氣溫高。如果是指人很熱情，或是物體很燙，則是用同樣念法不同漢字的「熱い」。另外，氣候溫暖，是用「暖かい」；物體的溫度不高，則是「温かい」。

實用短句

倉庫の中は暑かったです。

so.u.ko.no.na.ka.wa./a.tsu.ka.tta.de.su.

倉庫裡很熱。

なんて暑い夜でしょう。

na.n.de./a.tsu.i./yo.ru.de.suo.u.

真是個炎熱的夜晚。

延伸單字

暑苦しい	熱得難受 a.tsu.ku.ru.shi.i.
蒸し暑い	悶熱 mu.shi.a.tsu.i.
猛暑	盛夏 mo.u.sho.
炎天下	非常炎熱的天氣 e.n.te.n.ka.

きせつ
季節
ki.se.tsu.
季節

說明

日本的天氣四季分明，春夏秋冬各有其特色，春天賞櫻就叫「お花見(はなみ)」；秋天賞楓就叫「紅葉狩(もみじが)り」。

實用短句

柿(かき)は今(いま)が季節(きせつ)です。

ka.ki.wa./i.ma.ga./ki.se.tsu.de.su.

柿子正當季。

季節(きせつ)の変(か)わり目(め)に体調(たいちょう)を崩(くず)しやすいです。

ki.se.tsu.no./ka.wa.ri.me.ni./ta.i.cho.u.o./ku.zu.shi.ya.su.i.de.su.

季節交接的時期，身體容易出狀況。

延伸單字

春(はる)	春天 ha.ru.
夏(なつ)	夏天 na.tsu.
秋(あき)	秋天 a.ki.
冬(ふゆ)	冬天 fu.yu.

ゆき

雪

yu.ki.

雪

說明

一年中的第一次降雪稱爲「初雪（はつゆき）」，雪人是「雪（ゆき）だるま」，打雪仗則爲「雪合戦（ゆきがっせん）」。

實用短句

ぼたん雪（ゆき）が降（ふ）っています。

bo.ta.n.yu.ki.ga./fu.tte.i.ma.su.

下著大片的雪花。

雪（ゆき）が10センチ降（ふ）りました。

yu.ki.ga./ju.sse.n.chi./fu.ri.ma.shi.ta.

雪積了10公分。

延伸單字

こな雪（ゆき）	細雪 ko.na.yu.ki.
初雪（はつゆき）	初雪 ha.tsu.yu.ki.
吹雪（ふぶき）	暴風雪 fu.bu.ki.
残雪（ざんせつ）	殘雪、剩下的積雪 za.n.se.tsu.

おんど
温度
o.n.do.

溫度

說明

形容溫度用「高い」、「低い」。

實用短句

温度が高いです。

o.n.do.ga./ta.ka.i.de.su.

溫度很高。

温度を測ります。

o.n.do.o./ha.ka.ri.ma.su.

測量溫度。

延伸單字

気温	氣溫 ki.o.n.
水温	水溫 su.i.o.n.
体温	體溫 ta.i.o.n.
寒暖	冷暖 ka.n.da.n.

台風（たいふう）

ta.i.fu.u.

颱風

說明

日本也有颱風，和台灣不同的是，日本是以編號的方式爲颱風命名。

實用短句

島（しま）は台風（たいふう）に襲（おそ）われました。

shi.ma.wa./ta.i.fu.u.ni./o.so.wa.re.ma.shi.ta.

颱風侵襲了島嶼。

台風（たいふう）は南方海上（なんぽうかいじょう）で発達（はったつ）しつつあります。

ta.i.fu.u.wa./na.n.po.u.ka.i.jo.u.de./ha.tta.tsu.shi.tsu.tsu.a.ri.ma.su.

颱風在南方的海上逐漸形成。

延伸單字

暴風（ぼうふう）	暴風 bo.u.fu.u.
暴風雨（ぼうふうう）	暴風雨 bo.u.fu.u.u.
大荒れ（おおあれ）	狂風暴雨 o.o.a.re.
嵐（あらし）	暴風雨 a.ra.shi.

かぜ
風
ka.ze.
風

說明

風吹的動詞是「吹(ふ)きます」；風停的動詞是「やみます」。

實用短句

風(かぜ)がやみました。

ka.ze.ga./ya.mi.ma.shi.ta.

風停了。

帽子(ぼうし)を風(かぜ)に飛(と)ばされました。

bo.u.shi.o./ka.ze.ni./to.ba.sa.re.ma.shi.ta.

帽子被風吹走了。

延伸單字

そよ風(かぜ)	微風 yo.so.ka.ze.
木枯(こが)らし	秋末冬初時吹的冷風 ko.ga.ra.shi.
寒風(かんぷう)	冷風 ka.n.pu.u.
強風(きょうふう)	強風 kyo.u.fu.u.

しつど

湿度

shi.tsu.do.

濕度

說明

日本的濕度較低，氣候乾燥時要用「加湿器」；台灣濕度較高，用的是「除湿機」。

實用短句

湿度が高いです。

shi.tsu.do.ga./ta.ka.i.de.su.

濕度高。

湿度が低ければ暑さもしのぎやすいです。

shi.tsu.do.ga./hi.ku.ke.re.ba./a.tsu.sa.mo./shi.no.gi.ya.su.i.de.su.

濕度低的話，就比較能忍受炎熱。

延伸單字

ウェット
濕度
we.tto.

湿気
濕氣、濕度
shi.kki.

しっとり
濕潤的
shi.tto.ri.

からっと
乾燥的
ka.ra.tto.

食物

食べ物

ta.be.mo.no.

食物

說明

「食べ物」泛指所有食物；專指菜餚的話，則是「料理」。

實用短句

あのホテルの食べ物は美味しいです。

a.no.ho.te.ru.no./ta.be.mo.no.wa./o.i.shi.i.de.su.

那間飯店的食物很好吃。

彼女は食べ物にはうるさいです。

ka.no.jo.wa./ta.be.mo.no.ni.wa./u.ru.sa.i.de.su.

她對食物很挑剔。

延伸單字

食品	食品 sho.ku.hi.n.
料理	菜餚、料理 ryo.u.ri.
加工食品	加工食品 ka.ko.u.sho.ku.hi.n.
ダイエット食品	減肥食品 da.i.e.tto.sho.ku.hi.n.

肉（にく）
ni.ku.

肉

說明

「肉（にく）」泛指肉類，「魚介類（ぎょかいるい）」則爲海鮮類。

實用短句

肉（にく）はウェルダンが好（す）きです。

ni.ku.wa./we.fu.da.n.ga./su.ki.de.su.

我喜歡全熟的肉。

この肉（にく）は柔（やわ）らかいです。

ko.no.ni.ku.wa./ya.wa.ra.ka.i.de.su.

這個肉很嫩。

延伸單字

魚（さかな）	魚 sa.ka.na.
牛肉（ぎゅうにく）	牛肉 gyu.u.ni.ku.
豚肉（ぶたにく）	豬肉 bu.ta.ni.ku.
鳥肉（とりにく）	雞肉 to.ri.ni.ku.

track 031

ko.me.

米

說明

日本人的主食也為米食，米是「米」。常見的米食有「白ご飯」(白米飯)「おにぎり」(御飯糰)「炊きご飯」(炊飯)「丼」(丼飯)。

實用短句

米をとぎます。

ko.me.o./to.gi.ma.su.

淘米。

お米が好きです。

o.ko.me.ga./su.ki.de.su.

喜歡吃米飯。

延伸單字

新米	新米 shi.n.ma.i.
玄米	玄米 ge.n.ma.i.
もち米	糯米 mo.chi.go.me.
五穀米	五穀米 go.ko.ku.ma.i.

めん
麵
me.n.
麵

說明

常見的麵類料理有烏龍麵「うどん」、拉麵「ラーメン」、蕎麥麵「そば」、義大利麵「パスタ」。

實用短句

めんりょうり　す
麵料理が好きです。
me.n.ryo.u.ri.ga./su.ki.de.su.
我喜歡麵食。

めん
麵をゆでます。
me.n.o./yu.de.ma.su.
煮麵條。

延伸單字

めんるい 麵類	麵類 me.n.ru.i.
うどん	烏龍麵 u.do.n.
ラーメン	拉麵 ra.a.me.n.
そば	蕎麥麵 so.ba.

しょくじ

食事

sho.ku.ji.

餐

說明

「食事」泛指三餐及所有的用餐。餐和餐之類的點心，叫做「間食」，宵夜則是「夜食」。

實用短句

食事の用意ができました。

sho.ku.ji.no./yo.u.i.ga./de.ki.ma.shi.ta.

餐點準備好了。

彼は今食事中です。

ka.re.wa./i.ma./sho.ku.ji.chu.u.de.su.

他正在吃飯。

延伸單字

ご飯	飯、餐飲 go.ha.n.
朝食	早餐 cho.u.cho.ku.
昼食	午餐 chu.u.sho.ku.
晩御飯	晚餐 ba.n.go.ha.n.

わしょく
和食
wa.sho.ku.
日式料理

說明

「和食（わしょく）」指的是純正的日本料理。在一般日本的觀念裡，「ラーメン」是屬於中華料理，蛋包飯一類則是屬於洋食。

實用短句

和食（わしょく）が好（す）きです。
wa.sho.ku.ga./su.ki.de.su.
我喜歡日式料理。

和食（わしょく）は美味（おい）しいです。
wa.sho.ku.wa./o.i.shi.i.de.su.
日式料理很美味。

延伸單字

日本料理（にほんりょうり）	日本料理 ni.ho.n.ryo.u.ri.
日本食（にほんしょく）	日本料理 ni.ho.n.sho.ku.
郷土料理（きょうどりょうり）	當地料理 kyo.u.do.ryo.u.ri.
B級（きゅう）グルメ	平價美食 bi.kyu.u.gu.ru.me.

ようしょく
洋食
yo.u.sho.ku.

洋食、西洋料理

說明

日文中指的「洋食」，是蛋包飯、咖哩、漢堡排、炸蝦等類的食物。

實用短句

私は洋食が好きです。
wa.ta.shi.wa./yo.u.sho.ku.ga./su.ki.de.su.
我喜歡吃洋食。

洋食で一番好きなのはオムライスです。
yo.u.sho.ku.de./i.chi.ba.n.su.ki.na.no.wa./o.mu.ra.i.su.de.su.
洋食裡最喜歡的是蛋包飯。

延伸單字

外国料理	異國料理 ga.i.ko.ku.ryo.u.ri.
中華料理	中華料理 chu.u.ka.ryo.u.ri.
イタリア料理	義大利菜 i.ta.ri.a.ryo.u.ri.
当地料理	當地料理 to.u.chi.ryo.u.ri.

パン

pa.n.

麵包

說明

日文裡的麵包店是「パン屋」；麵包師傅是「パン職人」。

實用短句

朝はいつもパンです。

a.sa.wa./i.tsu.mo./pa.n.de.su.

早上都是吃麵包。

あのレストランはパンが美味しいです。

a.no.re.su.to.ra.n.wa./pa.n.ga./o.i.shi.i.de.su.

那間餐廳的麵包很好吃。

延伸單字

食パン	土司 sho.ku.pa.n.
菓子パン	甜麵包 ka.shi.pa.n.
サンドイッチ	三明治 sa.n.do.i.cchi.
軽食	輕食 ke.i.sho.ku.

track 034

ちょうみりょう

調味料

sho.u.mi.ryo.u.

調味料

說明

常見的調味料有「塩(しお)」、「醤油(しょうゆ)」、「みりん」(味醂)、「味噌(みそ)」、「砂糖(さとう)」。

實用短句

調味料(ちょうみりょう)を使(つか)います。

cho.u.mi.ryo.u.o./tsu.ka.i.ma.su.

使用調味料。

調味料(ちょうみりょう)を入(い)れます。

cho.u.mi.ryo.u.o./i.re.ma.su.

加調味料。

延伸單字

塩加減(しおかげん)	味道鹹淡 shi.o.ka.ge.n.
醤油(しょうゆ)	醬油 sho.u.yu.
塩(しお)	鹽 shi.o.
砂糖(さとう)	糖 sa.to.u.

デザート

de.za.a.to.

甜點

說明

甜點通常是指洋式的甜食，像是蛋糕、布丁等。日式甜點的統稱則爲「甘味(かんみ)」、「お茶(ちゃ)うけ」或「和菓子(わかし)」。

實用短句

デザートにアイスクリームが出(で)ました。

de.za.a.to.ni./a.i.su.ku.ri.i.mu.ga./de.ma.shi.ta.

甜點是冰淇淋。

あの店(みせ)はデザートが美味(おい)しいです。

a.no.mi.se.wa./de.za.a.to.ga./o.i.shi.i.de.su.

那家店的甜點很好吃。

延伸單字

甘(あま)いもの	甜食 a.ma.i.mo.no.
スイーツ	甜食 su.i.i.tsu.
甘味(かんみ)	日式甜點 ka.n.mi.
お茶(ちゃ)うけ	日式茶點 o.cha.u.ke.

お菓子(かし)

o.ka.shi.

零食

說明

「お菓子(かし)」泛指所有的零食。

實用短句

お菓子(かし)が食(た)べたいです。

o.ka.shi.ga./ta.be.ta.i.de.su.

想吃零食。

お菓子(かし)を作(つく)ります。

o.ka.shi.o./tsu.ku.ri.ma.su.

製作零食。

延伸單字

おやつ	零食、下午茶點心 o.ya.tsu.
和菓子(わがし)	日式甜點 wa.ka.shi.
洋菓子(ようがし)	西式甜點 yo.u.ka.shi.
クッキー	餅乾 ku.kki.i.

飲み物

no.mi.mo.no.

飲料

說明

「飲み物」泛指所有喝的東西。酒類則爲「お酒」、不含酒精的則是「ソフトドリンク」。

實用短句

飲み物は何にいたしましょうか。

no.mi.mo.no.wa./na.ni.ni./i.ta.shi.ma.sho.u.ka.

想喝什麼？

何か飲み物をください。

na.ni.ka./no.mi.mo.no.o./ku.da.sa.i.

請給我喝的。

延伸單字

ソフトドリンク	不含酒精的飲料 so.fu.to.do.ri.n.ku.
アルコール飲料	酒類 a.ru.ko.o.ru.i.n.ryo.u.
牛乳	牛奶 gyu.u.nyu.u.
コーヒー	咖啡 ko.o.hi.i.

お茶（ちゃ）

o.cha.

茶

說明

日本常見的茶有烏龍茶「ウーロン茶（ちゃ）」、綠茶「緑茶（りょくちゃ）」和紅茶「紅茶（こうちゃ）」。

實用短句

お茶（ちゃ）を入（い）れます。

o.cha.o./i.re.ma.su.

泡茶。

ご一緒（いっしょ）にお茶（ちゃ）でもいかがでしょうか。

go.i.ssho.ni./o.cha.de.mo./i.ka.ga.de.sho.u.ka.

要不要一起喝杯茶？

延伸單字

緑茶（りょくちゃ）	綠茶 ryo.ku.cha.
紅茶（こうちゃ）	紅茶 ko.u.cha.
ハーブティー	花草茶 ha.a.bu.ti.i.
ウーロン茶（ちゃ）	烏龍茶 u.u.ro.n.cha.

生活
每日一字
日語

情绪

うれしい

u.re.shi.i.

高興

說明

「うれしい」用於形容因為某件事而感到開心的心情。

實用短句

涙が出るほどうれしかったです。

na.mi.da.ga./de.ru.ho.do./u.re.shi.ka.tta.de.su.

高興得眼淚都要流下來了。

お目にかかれてうれしいです。

o.me.ni./ka.ka.re.te./u.re.shi.i.de.su.

很高興很見到你。

延伸單字

喜び	歡喜、開心 yo.ro.ko.bi.
満足します	滿意、滿足 ma.n.zo.ku.shi.ma.su.
幸せ	幸福 shi.a.wa.se.
こころよい	舒服、暢快 ko.ko.ro.yo.i.

むかつく

mu.ka.tsu.ku.

生氣、惱怒

說明

「むかつく」是表示生氣、火大的意思，另外還常用「腹が立ちます」、「頭に来ます」來表示。

實用短句

彼の傲慢な態度を見ると胸がむかつく。

ka.re.no./go.u.ma.n.na./ta.i.do.o./mi.ru.to./mu.ne.ga./mu.ka.tsu.ku.

看到他傲慢的態度，就讓我生氣。

彼のひとりよがりを見たらむかついてしまいました。

ka.re.no./hi.to.ri.yo.ga.ri.o./mi.ta.ra./mu.ka.tsu.i.te./shi.ma.i.ma.shi.ta.

他自私的態度真是讓人火大。

延伸單字

腹が立ちます	生氣 ha.ra.ga./ta.chi.ma.su.
むかっとします	生氣 mu.ka.tto.shi.ma.su.
頭に来ます	生氣 a.ta.ma.ni./ki.ma.su.

悲しい

ka.na.shi.i.

哀傷、傷心

說明

表達悲傷的心情，可以用「悲しい」，也可以用「切ない」。

實用短句

試験に落ちて悲しいです。

shi.ke.n.ni./o.chi.te./ka.na.shi.i.de.su.

沒考上而覺得傷心。

悲しいストーリーです。

ka.na.shi.i./su.to.o.ri.i.de.su.

悲傷的故事。

延伸單字

つらい	痛苦、煎熬 tsu.ra.i.
苦しい	痛苦、煎熬 ku.ru.shi.i.
切ない	悲傷 se.tsu.na.i.
痛恨の	令人悔恨的 tsu.u.ko.n.no.

楽しい

ta.no.shi.i.

開心

說明

「楽しい」是用來表示某件事讓人覺得很開心，主要用來形容事情。

實用短句

彼と一緒に歩くのは楽しかったです。

ka.re.to./i.ssho.ni./a.ru.ku.no.wa./ta.no.shi.ka.tta.de.su.

和他一起走很開心。

今日は楽しかったです。

kyo.u.wa./ta.no.shi.ka.tta.de.su.

今天很開心。

延伸單字

心地よい	心情很好、感覺舒服 ko.ko.chi.yo.i.
面白い	有趣 o.mo.shi.ro.i.
愉快	愉快 yu.ka.i.na.
喜ばしい	讓人開心的 yo.ro.ko.ba.shi.i.

がっかり
ga.kka.ri.
失望

說明

表示失望時用「がっかり」表示，通常會再加上動詞「します」。

實用短句

がっかりしました。
ga.kka.ri.shi.ma.shi.ta.
很失望。

がっかりするな。
ga.kka.ri.su.ru.na.
別失望。

延伸單字

落胆（らくたん）	失望 ra.ku.ta.n.
ガックリ	失望 ga.kku.ri.
失望（しつぼう）	失望 shi.tsu.bo.u.
残念（ざんねん）	可惜、遺憾 za.n.ne.n.

びっくり

bi.kku.ri.

嚇一跳

說明

「びっくり」用來形容嚇了一跳，通常和動詞「します」一起使用。

實用短句

彼の変身ぶりにびっくりしました。

ka.re.no./he.n.shi.n.bu.ri.ni./bi.kku.ri.shi.ma.shi.ta.

被他變身後的模樣嚇了一跳。

あ、びっくりした。

a./bi.kku.ri.shi.ta.

啊，嚇了我一跳。

延伸單字

驚きます	驚訝、嚇一跳 o.do.ro.ki.ma.su.
仰天	嚇一跳 gyo.u.te.n.
唖然	傻眼、啞口無言 a.ze.n.
ギョッとします	受到驚嚇 gyo.tto.shi.ma.su.

悔しい

ku.ya.shi.i.

不甘心

說明

「悔しい」表示因某件事而感到不甘心、悔恨的心情。

實用短句

あんな下手な選手に負けて悔しかったです。

a.n.na./he.ta.na.se.n.shu.ni./ma.ke.te./ku.ya.shi.ka.tta.de.su.

輸給那麼差的選手真是讓人不甘心。

悔しくてたまりません。

ku.ya.shi.ku.te./ta.ma.ri.ma.se.n.

十分不甘心。

延伸單字

歯がゆい	悔恨 ha.ga.yu.i.
無念	因失望而感到絕望 mu.ne.n.
心残り	遺憾 ko.ko.ro.no.ko.ri.
心外	感到失望 shi.n.ga.i.

恥ずかしい
ha.zu.ka.shi.i.

害羞、可恥

說明

做了覺得丟臉的事情，可以用「恥ずかしい」表示害羞、丟人的心情。另外形容人或事很可恥，也可以用這個詞。

實用短句

恥ずかしくて何も話し掛けられません。

ha.zu.ka.shi.ku.te./na.ni.mo./ha.na.shi.ka.ke.ra.re.ma.se.n.

太丟臉了，沒辦法(跟對方)說任何話。

私の部屋は恥ずかしいほど散らかっています。

wa.ta.shi.no./he.ya.wa./ha.zu.ka.shi.i.ho.do./chi.ra.ka.tte.i.ma.su.

我的屋子亂到自己都覺得丟臉。

延伸單字

情けない	丟臉、可恥 na.sa.ke.na.i.
みっともない	上不了檯面、丟人 mi.tto.mo.na.i.
格好悪い	很丟臉、很冏 ka.kko.u.wa.ru.i.
照れくさい	害羞 te.re.ku.sa.i.

困(こま)ります

ko.ma.ri.ma.su.

困擾

說明

「困(こま)ります」用於覺得困擾、爲難的時候。

實用短句

困(こま)ったことになりました。

ko.ma.tta.ko.to.ni./na.ri.ma.shi.ta.

事情變得很棘手，讓人困擾。

経済的(けいざいてき)に困(こま)っています。

ke.i.za.i.te.ki.ni./ko.ma.tte./i.ma.su.

因經濟狀況不佳而苦惱。

延伸單字

手(て)を焼(や)きます	棘手、困擾 te.o./ya.ki.ma.su.
手(て)に負(お)えません	無法處理 te.ni./o.e.ma.se.n.
うんざりします	不耐煩、感到煩躁 u.n.za.ri.shi.ma.su.
困惑(こんわく)します	覺得困擾 ko.n.wa.ku.shi.ma.su.

惜しい
o.shi.i.
可惜

說明

「惜しい」是可惜的意思。和「悔しい」不同的是，「悔しい」帶有不甘心的意思，「惜しい」則單純是可惜。

實用短句

この経験を生かせなかったのは惜しいです。
ko.no.ke.i.ke.n.o./i.ka.se.na.ka.tta.no.wa./o.shi.i.de.su.
不能活用這個經驗實在很可惜。

惜しい勝負でした。
o.shi.i./sho.u.bu.de.shi.ta.
很可惜的結果。/只有些微差距的結果。

延伸單字

及ばない	鞭長莫及 o.yo.ba.na.i.
もう少しで	還差一點 mo.u.su.ko.shi.de.
惜しみます	可惜 o.shi.mi.ma.su.
もったいない	浪費、可惜 mo.tta.i.na.i.

楽しみ

ta.no.shi.mi.

期待

說明

「楽しみ」表示樂見某件事，對其充滿期待。動詞「楽しむ」則是用來表示樂在其中。

實用短句

お目に掛かるのが楽しみです。

o.me.ni./ka.ka.ru.no.ga./ta.no.shi.mi.de.su.

很期待可以見到你。

明日はライブ楽しみです。

a.shi.ta.wa./ra.i.bu./ta.no.shi.mi.de.su.

很期待明天的演唱會。

延伸單字

希望します	期待、期望 ki.bo.u.shi.ma.su.
期待します	期待 ki.ta.i.shi.ma.su.
待望します	引頸期盼 ta.i.bo.u.shi.ma.su.
心待ち	引頸期盼的 ko.ko.ro.ma.chi.

顏色
形狀

いろ
色
i.ro.
顏色

說明

「色」是顏色的意思。但日文裡的「顔色」則是「臉色、氣色」的意思。

實用短句

色を付けます。

i.ro.o./tsu.ke.ma.su.

上色。

どんな色が好きですか。

do.n.na.i.ro.ga./su.ki.de.su.ka.

喜歡什麼樣的顏色呢？

延伸單字

カラー	顏色 ka.ra.a.
暖色	暖色系 da.n.sho.ku.
寒色	冷色系 ka.n.sho.ku.
中間色	中間色 chu.u.ka.n.sho.ku.

かたち
形
ka.ta.chi.

形狀

説明

「形（かたち）」用來表示物體的外形。也可以形容抽象事情的形式。

實用短句

この箱（はこ）は山田（やまだ）さんのと形（かたち）が同（おな）じです。

ko.no.ha.ko.wa./ya.ma.da.sa.n.no.to./ka.ta.chi.ga./o.na.ji.de.su.

這箱子的形狀和山田先生的相同。

みんな似（に）たような形（かたち）でした。

mi.n.na./ni.ta.yo.u.na./ka.ta.chi.de.shi.ta.

全都是相似的形狀。

延伸單字

様子（ようす）	模樣、狀況 yo.u.su.
デザイン	設計 de.za.i.n.
模様（もよう）	樣子、模樣 mo.yo.u.
柄（がら）	花紋、圖案 ga.ra.

あか 赤い
a.ka.i.

紅色的

說明

「あか赤い」是形容詞「紅色的」的意思。名詞「紅色」則是「あか赤」。

實用短句

こ　は　あか
木の葉が赤くなりました。

ko.no.ha.ga./a.ka.ku./na.ri.ma.shi.ta.

樹葉變紅了。

かのじょ　は　　　　　　かお　あか
彼女は恥ずかしさで顔が赤くなりました。

ka.no.jo.wa./ha.zu.ka.shi.sa.de./ka.o.ga./a.ka.ku./na.ri.ma.shi.ta.

她因為覺得丟臉所以臉都漲紅了。

延伸單字

ピンク	粉紅 pi.n.ku.
まっか 真っ赤	大紅色 ma.kka.
レッド	紅色 re.ddo.
べにいろ 紅色	紅色 be.ni.i.ro.

みどり
緑
mi.do.ri.

綠色

說明

「緑（みどり）」是名詞。所以放在名詞前面時，要加上「の」變成「緑（みどり）の」。

實用短句

緑（みどり）の草原（そうげん）に座（すわ）ります。

mi.do.ri.no./so.u.ge.n.ni./su.wa.ri.ma.su.

坐在綠色的草原上。

彼（かれ）は今日（きょう）緑（みどり）の服（ふく）を着（き）ています。

ka.re.wa./kyo.u./mi.do.ri.no./fu.ku.o./ki.te.i.ma.su.

他今天穿綠色的衣服。

延伸單字

黄緑（きみどり）	黃綠色 ki.mi.do.ri.
うす緑（みどり）	淺綠色 u.su.mi.do.ri.
グリーン	綠色 gu.ri.i.n.
緑色（みどりいろ）	綠色 mi.do.ri.i.ro.

黄色（きいろ）

ki.i.ro.

黃色

說明

「黄色（きいろ）」是名詞，形容詞是「黄色い（きいろい）」。

實用短句

黄色（きいろ）のマフラーを付（つ）けています。

ki.i.ro.no./ma.fu.ra.a.o./tsu.ke.te./i.ma.su.

圍著黃色的圍巾。

黄色（きいろ）の帽子（ぼうし）をかぶっています。

ki.i.ro.no./bo.u.shi.o./ka.bu.tte./i.ma.su.

戴黃色的帽子。

延伸單字

黄色い（きいろい）	黃色的 ki.i.ro.i.
レモン色（いろ）	檸檬黃 re.mo.n.i.ro.
イエロー	黃色 i.e.ro.o.
黄ばんだ（きばんだ）	泛黃的 ki.ba.n.da.

青い（あお）

a.o.i.

藍色的

說明

「青い（あお）」是藍色的意思，但紅綠燈的綠燈也是用「青（あお）」來表示。

實用短句

布（ぬの）を青（あお）く染（そ）めました。

nu.no.o./a.o.ku./so.me.ma.shi.ta.

把布染成藍色。

あの青（あお）い目（め）の女（おんな）の子（こ）はマリーちゃんです。

a.no./a.o.i.me.no./o.n.na.no.ko.wa./ma.ri.i.cha.n.de.su.

那個藍眼珠的女孩就是瑪莉。

延伸單字

ブルー	藍色 bu.ru.u.
紺色（こんいろ）	藏青色 ko.n.i.ro.
ベビーブルー	淺藍色 be.bi.i.bu.ru.u.
青色（あおいろ）	藍色 a.o.i.ro.

黒い
ku.ro.i.

黑色的

說明

「黒い」是形容詞，名詞則爲「黒」。

實用短句

黒い服を着ています。

ku.ro.i.fu.ku.o./ki.te.i.ma.su.

穿著黑色的衣服。

彼は色が黒いです。

ka.re.wa./i.ro.ga./ku.ro.i.de.su.

他很黑。

延伸單字

黒っぽい	偏黑的 ku.ro.ppo.i.
グレー	灰色 gu.re.e.
真っ黒	深黑色 ma.kku.ro.
黒色	黑色 ko.ku.sho.ku.

白(しろ)い
shi.ro.i.

白的

說明

「白(しろ)い」是形容詞，名詞為「白(しろ)い」。若是形容物品上面沒有任何圖案，是素面或單色的，則是用「無地(むじ)」。透明無色則是用「無色(むしょく)」這個字。

實用短句

肌(はだ)の色(いろ)が白(しろ)いです。

ha.da.no./shi.ro.ga./shi.ro.i.de.su.

皮膚很白。

ドアを白(しろ)く塗(ぬ)ります。

do.a.o./shi.ro.ku./nu.ri.ma.su.

把門塗成白色。

延伸單字

ホワイト	白色 ho.wa.i.to.
真(ま)っ白(しろ)	純白 ma.sshi.ro.
オフホワイト	乳白、米白 o.fu.ho.wa.i.to.
無色(むしょく)	透明 mu.sho.ku.

さんかく
三角
sa.n.ka.ku.

三角

說明

三角形在日文中也寫做「三角（さんかく）」；形容感情狀況常用到的「三角關係」在日文中也是相同的用法「三角関係（さんかくかんけい）」。

實用短句

目（め）を三角（さんかく）にします。

me.o./sa.n.ka.ku.ni./shi.ma.su.

十分生氣。(眼睛變成三角形，形容十分生氣)

三角関係（さんかくかんけい）になりました。

sa.n.ka.ku.ka.n.ke.i.ni./na.ri.ma.shi.ta.

變成三角關係。

延伸單字

トライアングル	三角 to.ra.i.a.n.gu.ru.
ピラミッド	金字塔形 pi.ra.mi.ddo.
三角形（さんかっけい）	三角形 sa.n.ka.kke.i.
三角関係（さんかくかんけい）	三角形 sa.n.ka.ku.ka.n.ke.i.

しかく

四角い

si.ka.ku.i.

四方形的

說明

「四角い」是形容詞，用來形容四方形的物品。

實用短句

四角い窓。

shi.ka.ku.i.ma.do.

四角形的窗戶。

四角いコップを頂きました。

shi.ka.ku.i.ko.ppu.o./i.ta.da.ki.ma.shi.ta.

收到四角形的杯子。

延伸單字

スクェア	四方形的平面、平方 su.ku.e.a.
真四角	正方形 ma.shi.ka.ku.
四角形	四邊形 shi.ka.ku.ke.i.
正方形	正方形 se.i.ho.u.ke.i.

丸(まる)い

ma.ru.i.

圓的

說明

「丸(まる)い」用來形容平面的圓形或立體球形。

實用短句

地球(ちきゅう)は丸(まる)いです。

chi.kyu.u.wa./ma.ru.i.de.su.

地球是圓的。

目(め)を丸(まる)くします。

me.o./ma.ru.ku./shi.ma.su.

把眼睛睜得大大圓圓的。(形容很驚訝)

延伸單字

円(えん)	圓 e.n.
球体(きゅうたい)	球體 kyu.u.ta.i.
球状(きゅうじょう)	球體 kyu.u.jo.u.
丸(まる)っこい	圓的 ma.ru.kko.i.

日期

時間

日(ひ)にち

hi.ni.chi.

日期

說明

「日(ひ)にち」表示日期，另外也可以用「日付(ひづ)け」、「時日(じじつ)」。

實用短句

出発(しゅっぱつ)の日(ひ)にちを決(き)めます。

shu.ppa.tsu.no.hi.ni.chi.o./ki.me.ma.su.

決定出發的日期。

締(し)め切(き)りまでもう日(ひ)にちがありません。

shi.me.ki.ri.ma.de./mo.u.hi.ni.chi.ga./a.ri.ma.se.n.

到截止日前已經沒多少日子了。

延伸單字

時日(じじつ)	日期、時間 ji.ji.tsu.
日付(ひづ)け	日期 hi.zu.ke.
日時(にちじ)	日期 ni.chi.ji.
年月(ねんげつ)	日子、年月 ne.n.ge.tsu.

しゅう
週

shu.u.

週

說明

「週（しゅう）」是星期的意思，用法和中文中相同。

實用短句

私（わたし）たちは週（しゅう）40時間（じかん）働（はたら）いています。

wa.ta.shi.ta.chi.wa./shu.u./yo.n.ju.u.ji.ka.n./ha.ta.ra.i.te./i.ma.su.

我們每星期工作40個小時。

週2回（しゅうにかい）ジムへ通（かよ）っています。

shu.u./ni.ka.i./ji.mu.e./ka.yo.tte./i.ma.su.

每星期去2次健身房。

延伸單字

曜日（ようび）	星期…… yo.u.bi.
週末（しゅうまつ）	週末 shu.u.ma.tsu.
ゴールデンウィーク	黃金週(五月第一週假期) go.o.ru.de.n.ui.i.ku.
週間（しゅうかん）	一週內、週(時間長度) shu.u.ka.n.

track 050

月(つき)

tsu.ki.

月

說明

當單位來用時，念成「月(つき)」，但若是用在專有名詞以及月份上時，則念成「げつ」或「がつ」；如「一ヶ月(いっかげつ)」(1個月)、「1月(いちがつ)」(1月)。

實用短句

月(つき)10万(まん)の家賃(やちん)を払(はら)います。

tsu.ki./ju.u.ma.n.no./ya.chi.n.o./ha.ra.i.ma.su.

每個月付10萬日圓房租。

月(つき)が明(あ)けたら払(はら)います。

tsu.ki.ga./a.ke.ta.ra./ha.ra.i.ma.su.

下個月一開始就付錢。

延伸單字

正月(しょうがつ)	一月 sho.u.ga.tsu.
今月(こんげつ)	這個月 ko.n.ge.tsu.
来月(らいげつ)	下個月 ra.i.ge.tsu.
先月(せんげつ)	上個月 se.n.ge.tsu.

年（とし）／年（ねん）

to.shi./ne.n.

年

說明

年有兩個念法，一般念成「年（とし）」，前面加數字時，念成「年（ねん）」。

實用短句

年（とし）が明（あ）けたらお伺（うかが）いします。

to.shi.ga./a.ke.ta.ra./o.u.ka.ga.i.shi.ma.su.

過完新年後我會去拜訪。

年（とし）の初（はじ）めに結婚（けっこん）しました。

to.shi.no./ha.ji.me.ni./ke.kko.n.shi.ma.shi.ta.

在年初時結婚了。

延伸單字

年月（ねんげつ）	年月(指時間單位) ne.n.ge.tsu.
今年（ことし）	今年 ko.to.shi.
来年（らいねん）	明年 ra.i.ne.n.
去年（きょねん）	去年 kyo.ne.n.

track 051

時(じ)

ji

時間

說明

「時(じ)」也有兩個念法，時間單位時念「時(じ)」；指某段時期時，則用「時(とき)」。

實用短句

何時(なんじ)ですか。

na.n.ji.de.su.ka.

幾點？

4時(じ)15分(ふん)です。

yo.ji./ju.u.go.fu.n.de.su.

4點15分。

延伸單字

時間(じかん)	時間 ji.ka.n.
時刻(じこく)	時間 ji.ko.ku.
時分(じふん)	時間、幾點幾分 ji.fu.n.
定刻(ていこく)	準時 te.i.ko.ku.

ふん
分
fu.n.
分

說明

日文裡的半小時是說「30分(ぷん)」；1個半小時是則是「1時間半(じかんはん)」；4點半則是「4時(じ)30分(ぷん)」。

實用短句

30分後(ぷんご)にこちらからお電話(でんわ)します。

sa.n.ju.ppu.n.go.ni./ko.chi.ra.ka.ra./o.de.n.wa.shi.ma.su.

半小時後我再打電話過去。

1時(じ)15分前(ふんまえ)です。

i.chi.ji./ju.ggo.fu.n.ma.e.de.su.

12點45分。(距離1點還有15分鐘)

延伸單字

30分(ぷん)	30分鐘、半小時 sa.n.ju.ppu.n.
5分間(ふんかん)	5分鐘(指時間長度) go.fu.n.ka.n.
3分前(ぷんまえ)	倒數3分鐘 sa.n.ppu.n.ma.e.

朝
あさ

a.sa.

早上

說明

「朝」是早上的意思，這個字較偏早晨、清晨之意，若是指中午12點前上午的時間，則是說「午前」「午前中」。

實用短句

朝から晩まで働いています。

a.sa.ka.ra./ba.n.ma.de./ha.ta.ra.i.te.i.ma.su.

從早工作到晚。

父は朝が早いです。

chi.chi.wa./a.sa.ga./ha.ya.i.de.su.

爸爸早上都很早(起床或出門)。

延伸單字

早朝（そうちょう）	清晨 so.u.cho.u.
明け方（あけがた）	天剛亮時 a.ke.ga.ta.
午前（ごぜん）	上午 go.ze.n.
今朝（けさ）	今天早上 ke.sa.

昼(ひる)

hi.ru.

白天、中午

說明

「昼(ひる)」是指白天的時間，也可以用來指中午的時間。專指下午的話，是用「午後(ごご)」。

實用短句

昼過(ひるす)ぎに伺(うかが)います。

hi.ru.su.gi.ni./u.ka.ga.i.ma.su.

中午過後再前去拜訪。

夏至(げし)は昼(ひる)が最(もっと)も長(なが)いです。

ge.shi.wa./hi.ru.ga./mo.tto.mo./na.ga.i.de.su.

夏至是白天最長的一天。

延伸單字

昼間(ひるま)	白天 hi.ru.ma.
午後(ごご)	午後 go.go.
正午(しょうご)	中午 sho.u.go.
昼食(ちゅうしょく)	午餐 chu.u.sho.ku.

track 053

夜(よる)

yo.ru.

晚上

說明

「夜(よる)」是晚上的意思。半夜則是「夜中(よなか)」或「深夜(しんや)」。

實用短句

夜遅(よるおそ)くまで勉強(べんきょう)しました。

yo.ru.o.so.ku.ma.de./be.n.kyo.u.shi.ma.shi.ta.

念書到很晚。

夜(よる)も昼(ひる)も働(はたら)きます。

yo.ru.mo./hi.ru.mo./ha.ta.ra.ki.ma.su.

晚上白天都在工作。

延伸單字

晩(ばん)	晚上 ba.n.
深夜(しんや)	深夜 shi.n.ya.
夜中(よなか)	半夜 yo.na.ka.
徹夜(てつや)	熬夜 te.tsu.ya.

ようび

曜日

yo.u.bi.

星期…

說明

「星期……」在日文中是用「……曜日(ようび)」來表示。如星期五是「金曜日(きんようび)」；星期六是「土曜日(どようび)」。有時會省略「曜日」或是「日」字，例如只用「金(きん)」或「金曜(きんよう)」來表示星期五。問星期幾則是用「何曜日(なんようび)」。

實用短句

日曜日(にちようび)には教会(きょうかい)へ行(い)きます。

ni.chi.yo.u.bi.ni.wa./kyo.u.ka.i.e./i.ki.ma.su.

星期天會去教會。

土曜日(どようび)は半日休業(はんにちきゅうぎょう)です。

do.yo.u.bi.wa./ha.n.ni.ch.kyu.u.gyo.u./de.su.

星期六休息半天。

延伸單字

月曜日(げつようび)	星期一 ge.tsu.yo.u.bi.
火曜日(かようび)	星期二 ka.yo.u.bi.
水曜日(すいようび)	星期三 su.i.yo.u.bi.
木曜日(もくようび)	星期四 mo.ku.yo.u.bi.

track 054

今日（きょう）

kyo.u.

今天

說明

表示今天是用「今日（きょう）」；表示現在則是用「今（いま）」。

實用短句

今日（きょう）は何曜日（なんようび）ですか。

kyo.u.wa./na.n.yo.u.bi.de.su.ka.

今天是星期幾？

今日（きょう）のことは一生（いっしょう）忘（わす）れません。

kyo.u.no.ko.to.wa./i.ssho.u./wa.re.re.ma.se.n.

今天的事我一輩子都忘不了。

延伸單字

昨日（きのう）	昨天 ki.no.u.
明日（あした）	明天 a.shi.ta.
一昨日（おととい）	前天 o.to.to.i.
明後日（あさって）	後天 a.sa.tte.

職業

社員（しゃいん）

sha.i.n.

職員

說明

「社員（しゃいん）」指的是一般公司上班的職員。

實用短句

彼（かれ）はその会社（かいしゃ）の社員（しゃいん）です。

ka.re.wa./so.no.ka.i.sha.no./sha.i.n.de.su.

他是那間公司的員工。

彼女（かのじょ）は新入社員（しんにゅうしゃいん）です。

ka.no.jo.wa./shi.n.nyu.u.sha.i.n.de.su.

她是新進員工。

延伸單字

サラリーマン	一般上班族(指男性) sa.ra.ri.i.ma.n.
従業員（じゅうぎょういん）	作業員 ju.u.gyo.u.i.n.
スタッフ	工作人員 su.ta.ffu.
会社員（かいしゃいん）	上班族 ka.i.sha.i.n.

職人

しょくにん

sho.ku.ni.n.

專業師傅

說明

「職人」指的是具有專業技能，且精於該項技藝者。

實用短句

修理のため職人が入っています。

shu.u.ri.no.ta.me./sho.ku.ni.n.ga./ha.i.tte.i.ma.su.

為了修理，所以有專業師傅進入。

彼は伝統工芸の職人です。

ka.re.wa./de.n.to.u.ko.u.ge.i.no./sho.ku.ni.n.de.su.

他是傳統工藝的師傅。

延伸單字

名人（めいじん）	專家 me.i.ji.n.
匠（たくみ）	專家、巨匠 ta.ku.mi.
技術者（ぎじゅつしゃ）	技術員 gi.ju.tsu.sha.
ベテラン	資深者、老手 be.te.ra.n.

料理人

りょうりにん

ryo.u.ri.ni.n.

廚師

說明

「料理人（りょうりにん）」指的是廚師，除此之外也可以說「シェフ」；甜點師傅則是「パティシエ」。

實用短句

一流（いちりゅう）の料理人（りょうりにん）になりたいです。

i.chi.ryu.u.no./ryo.u.ri.ni.n.ni./na.ri.ta.i.de.su.

我想成為一流的廚師。

これは有名（ゆうめい）な料理人（りょうりにん）が作（つく）った料理（りょうり）です。

ko.re.wa./yu.u.me.i.na./ryo.u.ri.ni.n.ga./tsu.ku.tta./ryo.u.ri.de.su.

這是有名的廚師做的菜。

延伸單字

シェフ	廚師 she.fu.
コック	廚師 ko.kku.
板前（いたまえ）	日本料理的廚師 i.ta.ma.e.
調理師（ちょうりし）	廚師 cho.u.ri.shi.

医者

i.sha.

醫生

說明

日本稱醫生、老師、教授，都是叫做「先生」。

實用短句

父は医者をしています。

chi.chi.wa./i.sha.o./shi.te.i.ma.su.

父親是醫生。

彼は昨年医者を開業しました。

ka.re.wa./sa.ku.ne.n./i.sha.o./ka.i.gyo.u.shi.ma.shi.ta.

他去年開業當醫生。

延伸單字

看護師	護士 ka.n.go.shi.
病院	醫院 byo.u.i.n.
医師	醫師 i.shi.
主治医	主治醫師 shu.ji.i.

track 057

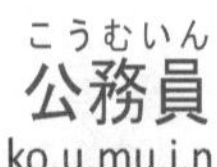

公務員（こうむいん）

ko.u.mu.i.n.

公務員

說明

日本的公務員也是要經過國家考試才能得到錄用，公務人員考試在日文中為「公務員試驗（こうむいんしけん）」。

實用短句

彼女（かのじょ）は国家公務員（こっかこうむいん）です。

ka.no.jo.wa./ko.kka.ko.u.mu.i.n.de.su.

她是公務員。

公務員（こうむいん）になるためにはどうすればいいですか。

ko.u.mu.i.n.ni./na.ru.ta.me.ni.wa./do.u.su.re.ba./i.i.de.su.ka.

要成為公務員的話，要做哪些事呢？

延伸單字

官僚（かんりょう）	官僚 ka.n.ryo.u.
役人（やくにん）	公務人員 ya.ku.ni.n.
事務官（じむかん）	事務官 ji.mu.ka.n.
政治家（せいじか）	政治家 se.i.ji.ka.

しゅふ
主婦
shu.fu.

家庭主婦

說明

日本家庭主婦的比例較高，家庭主婦雖然不上班，但也經常會去打工等貼補家用。

實用短句

わたし しゅふ
私は主婦です。
wa.ta.shi.wa./shu.fu.de.su.
我是家庭主婦。

はは しゅふ
母は主婦です。
ha.ha.wa./shu.fu.de.su.
我媽媽是家庭主婦。

延伸單字

せんぎょうしゅふ 専業主婦	專職主婦 se.n.gyo.u.shu.fu.
しゅふぎょう 主婦業	家庭主婦(指此職業) shu.fu.gyo.u.
つま 妻	妻子 tsu.ma.
いくじ 育児	育兒 i.ku.ji.

アルバイト
a.fu.ba.i.to.
打工

說明

「アルバイト」可以簡稱爲「バイト」。非全職的計時人員則稱爲「パート」。

實用短句

アルバイトをしながら大学（だいがく）を出（で）ました。
a.fu.ba.i.to.o./shi.na.ga.ra./da.i.ga.ku.o./de.ma.shi.ta.
一邊打工一邊念完大學。

アルバイトで英語（えいご）を教（おし）えています。
a.fu.ba.i.to.de./e.i.go.o./o.shi.e.te./i.ma.su.
打工是教英文。

延伸單字

バイト	打工 ba.i.to.
パート	計時工 pa.a.to.
派遣（はけん）	人力派遣 ha.ke.n.
臨時雇用（りんじこよう）	臨時僱員 ri.n.ji.ko.yo.u.

フリーランス
fu.ri.i.ra.n.su.

接案子的工作

說明

「フリーランス」指的是有獨立工作室，自己接案子的工作，也可簡稱爲フリー。

實用短句

フリーランスのジャーナリストとして働いています。

fu.ri.i.ra.n.su.no./ja.na.na.ri.su.to.to.shi.te./ha.ta.ra.i.te.i.ma.su.

職業是自由記者。

彼はフリーランスのカメラマンです。

ka.re.wa./fu.ri.i.ra.n.su.no./ka.me.ra.ma.n.de.su.

他是自由攝影師。

延伸單字

フリーランサー	soho、自由工作者 fu.ri.i.ra.n.sa.a.
フリーライター	自由作家 fu.ri.i.ra.i.ta.a.
フリー	自由工作者 fu.ri.i.
フリーカメラマン	自由攝影師 fu.ri.i.ka.me.ra.ma.n.

店員（てんいん）
te.n.i.n.

店員

說明

「店員（てんいん）」指店裡的員工，也可以叫「スタッフ」或「販売員（はんばいいん）」。

實用短句

店員（てんいん）を呼（よ）びます。
te.n.i.n.o./yo.bi.ma.su.
叫店員來。

店員（てんいん）に聞（き）きます。
te.n.i.ni./ki.ki.ma.su.
問店員。

延伸單字

販売員（はんばいいん）	售貨員 ha.n.ba.i.i.n.
商人（しょうにん）	商人 sho.u.ni.n.
セールスマン	營業員、推銷人員 se.e.ru.su.ma.n.
客引き（きゃくひ）	招攬客人 kya.ku.hi.ki.

社長

sha.cho.u.

社長

說明

「社長」指的是集團、公司的負責人，若是分店的店長是「店長」；分社的社長是「支社長」。

實用短句

社長を務めています。

sha.cho.u.o./tsu.to.me.te.i.ma.su.

擔任社長。

私は若い頃から将来は社長になりたいと考えていました。

wa.ta.shi.wa./wa.ka.i.ko.ro.ka.ra./sho.u.ra.i.wa./sha.cho.u.ni./na.ri.ta.i.to./ka.n.ga.e.te.i.ma.shi.ta.

我從年輕時就想著將來要當上社長。

延伸單字

経営者	經營者 ke.i.e.i.sha.
オーナー	負責人、所有者 o.o.na.a.
ボス	老闆 bo.su.
創業者	創辦人 so.u.gyo.u.sha.

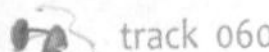

track 060

無職（むしょく）

mu.sho.ku.

無業

說明

沒有工作情況稱爲「無職（むしょく）」。沒有工作到處打工的人稱爲「フリーター」。

實用短句

彼（かれ）は前（まえ）の仕事（しごと）をやめてからずっと無職（むしょく）です。

ka.re.wa./ma.e.no.shi.go.to.o./ya.me.te.ka.ra./zu.tto./mu.sho.ku.de.su.

他辭去上一個工作之後一直沒有工作。

彼（かれ）は目下（もっか）無職（むしょく）です。

ka.re.wa./mo.kka./mu.sho.ku.de.su.

他現在沒有工作。

延伸單字

フリーター	無業者 fu.ri.i.ta.a.
ブラブラします	到處閒晃 bu.ra.bu.ra.shi.ma.su.
就職浪人（しゅうしょくろうにん）	畢業後找不到工作的人 shu.u.sho.ku.ro.u.ni.n.
リストラ	裁員 ri.su.to.ra.

家族

track 061

両親（りょうしん）

ryo.u.shi.n.

父母

說明

「両親（りょうしん）」指父母雙方。單稱父親是「父（ちち）」；單稱母親是「母（はは）」。

實用短句

両親（りょうしん）と食事（しょくじ）しました。

ryo.u.sh.n.to./sho.ku.ji./shi.ma.shi.ta.

和父母一起吃飯。

彼女（かのじょ）の両親（りょうしん）に会（あ）います。

ka.no.jo.no./ryo.u.shi.n.ni./a.i.ma.su.

和女友的雙親見面。

延伸單字

父（ちち）	父親 chi.chi.
母（はは）	母親 ha.ha.
父親（ちちおや）	父親 chi.chi.o.ya.
母親（ははおや）	母親 ha.ha.o.ya.

祖父母
so.fu.bo.

祖父母

説明

「祖父」、「祖母」是較正式的說法，一般稱自己的祖父母(不論是外公還是爺爺、外婆或是奶奶)會用「おばあさん」、「おじいさん」。

實用短句

祖父母の家に行きます。

so.fu.bo.no./i.e.ni./i.ki.ma.su.

去祖父母家。

祖父母と一緒に住んでいます。

so.fu.bo.to./i.ssho.ni./su.n.de.i.ma.su.

和祖父母一起住。

延伸單字

祖父	祖父 so.fu.
祖母	祖母 so.bo.
おばあさん	奶奶 o.ba.a.sa.n.
おじいさん	爺爺 o.ji.i.sa.n.

兄弟（きょうだい）

kyo.u.da.i.

兄弟姊妹

說明

「兄弟（きょうだい）」泛指兄弟姊妹，沒有性別之分。

實用短句

兄弟（きょうだい）は何人（なんにん）いますか。

kyo.u.da.i.wa./na.n.ni.n.i.ma.su.ka.

有幾個兄弟姊妹？

兄弟（きょうだい）が2人（ふたり）います。

kyo.u.da.i.ga./fu.ta.ri./i.ma.su.

有2個兄弟姊妹。

延伸單字

兄（あに）	哥哥 a.ni.
姉（あね）	姊姊 a.ne.
妹（いもうと）	妹妹 i.mo.u.to.
弟（おとうと）	弟弟 o.to.u.to.

家族（かぞく）

ka.zo.ku.

家人

說明

「家族（かぞく）」泛指家人；「5人家族（にんかぞく）」則爲5口之家。

實用短句

何人家族（なんにんかぞく）ですか？

na.n.ni.n.ka.zo.ku.de.su.ka.

家裡有幾個人？

彼（かれ）の家族（かぞく）は皆（みな）犬（いぬ）が好（す）きです。

ka.re.no./ka.zo.ku.wa./mi.na./i.nu.ga./su.ki.de.su.

他的家人全都愛狗。

延伸單字

身内（みうち）	親人、家人 mi.u.chi.
親戚（しんせき）	親戚 shi.n.se.ki.
親族（しんぞく）	親戚 shi.n.zo.ku.
ファミリー	家族、家人 fa.mi.ri.i.

いとこ

i.to.ko.

堂、表兄弟姊妹

說明

在日文中，只要是叔叔、伯伯、舅舅、阿姨、姑姑的孩子，都稱爲「いとこ」。

實用短句

彼(かれ)は私(わたし)のいとこです。

ka.re.wa./wa.ta.shi.no./i.to.ko.de.su.

他是我的表(堂)兄(弟)。

いとこにお年玉(としだま)をあげます。

i.to.ko.ni./o.to.shi.da.ma.o./a.ge.ma.su.

給表(堂)弟(妹)紅色。

延伸單字

親縁関係(しんえんかんけい)	親戚關係 shi.n.e.n.ka.n.ke.i.
血縁関係(けつえんかんけい)	血緣關係 ke.tsu.e.n.ka.n.ke.i.

子供

ko.do.mo.

孩子

說明

日文中的孩子是「子供」；若是要禮貌稱呼別人的小孩，則是用「お子さん」。

實用短句

子供が3人います。

ko.do.mo.ga./sa.n.ni.n.i.ma.su.

有3個孩子。

子供ができました。

ko.do.mo.ga./de.ki.ma.shi.ta.

懷孕了。(有孩子了)

延伸單字

孫	孫子 ma.go.
息子	兒子 mu.su.ko.
娘	女兒 mu.su.me.
赤ちゃん	嬰兒 a.ka.cha.n.

夫婦
ふうふ
fu.u.fu.

夫妻

說明

夫妻可以說「夫婦(ふうふ)」，也可以說「夫妻(ふさい)」。

實用短句

2人(ふたり)は夫婦(ふうふ)になりました。

fu.ta.ri.wa./fu.u.fu.ni./na.ri.ma.shi.ta.

2人成為夫妻。

実(じつ)に似合(にあ)いの夫婦(ふうふ)です。

ji.tsu.ni./ni.a.i.no./fu.u.fu.de.su.

很登對的夫妻。

延伸單字

妻(つま)	妻子 tsu.ma.
夫(おっと)	老公 o.tto.
主人(しゅじん)	老公 shu.ji.n.
カップル	情侶、夫妻 ka.ppu.ru.

おじさん

o.ji.sa.n.

伯伯、叔叔、舅舅

說明

「おじさん」通常是用來稱呼親戚中的男性長輩，如伯、叔、舅一輩；另外稱沒有血緣關係，年紀較長的男性，也可以用「おじさん」。

實用短句

あの人(ひと)は山田(やまだ)おじさんです。

a.no.hi.to.wa./ya.ma.da.o.ji.sa.n.de.su.

那個人就是山田叔叔。

おじさんからおみやげをもらいました。

o.ji.sa.n.ka.ra./o.mui.ya.ge.o./mo.ra.i.ma.shi.ta.

從叔叔那邊拿到了禮物。

延伸單字

おじ	叔叔、伯伯、舅舅 o.ji.
よそのおじさん	沒有關係的叔叔 yo.so.no.o.ji.sa.n.
おばさん	伯母、舅媽、嬸嬸 o.ba.sa.n.
おば	伯母、舅媽、嬸嬸 o.ba.

track 065

姪っ子

me.i.kko.

姪女

說明

稱姪女或外甥女，都用「姪っ子」。姪子或外甥則為「甥っ子」。

實用短句

姪っ子と一緒に遊びます。

me.i.kko.to./i.ssho.ni./a.so.bi.ma.su.

和姪女一起玩。

彼女は私の姪っ子です。

ka.no.ji.wa./wa.ta.shi.no./me.i.kko.de.su.

她是我姪女。

延伸單字

おい	姪子、外甥 o.i.
めい	姪女、外甥女 me.i.
一族	家族 i.chi.zo.ku.
近親者	近親 ki.n.shi.n.sha.

義理（ぎり）
gi.ri.

有親戚關係的

說明

因結婚、領養等，無血緣關係的人變成親戚，就稱為「義理（ぎり）」。

實用短句

彼（かれ）は私（わたし）の義理（ぎり）の兄弟（きょうだい）です。

ka.re.wa./wa.ta.shi.no./gi.ri.no./kyo.u.da.i.de.su.

他是我(有親戚關係)的哥哥(弟弟)。

義理（ぎり）の弟（おとうと）と喧嘩（けんか）しました。

gi.ri.no./o.to.u.to.to./ke.n.ka.shi.ma.shi.ta.

和(有親戚關係的)弟弟吵架了。

延伸單字

義理（ぎり）の兄弟（きょうだい）	有親戚關係的哥哥或弟弟 gi.ri.no.kyo.u.da.i.
義理（ぎり）の母（はは）	岳母、婆婆 gi.ri.no.ha.ha.
義理（ぎり）の父（ちち）	岳父、公公 gi.ri.no.chi.chi.
義理（ぎり）の両親（りょうしん）	公婆、岳父岳母 gi.ri.no.ryo.u.shi.n.

独身（どくしん）
do.ku.shi.n.
單身

說明

日文中的單身爲「独身（どくしん）」。未婚爲「未婚（みこん）」；單身者爲了結婚而進行聯誼活動稱爲「婚活（こんかつ）」。

實用短句

彼（かれ）は独身主義者（どくしんしゅぎしゃ）です。
ka.re.wa./do.ku.shi.n.shu.gi.sha.de.su.
他抱單身主義。

一生独身（いっしょうどくしん）で過（す）ごします。
i.ssho.u.do.ku.shi.n.de./su.go.shi.ma.su.
一輩子單身。

延伸單字

シングル	單身者 shi.n.gu.ru.
独（ひと）り身（み）	單身者 hi.to.ri.mi.
未婚（みこん）	未婚 mi.ko.n.
ひとり暮（ぐ）らし	一個人住 hi.to.ri.gu.ra.shi.

個性

大人しい
o.to.na.shi.i.

沉穩、安靜

説明

形容個性沉穩，有大人的感覺。另外形容動物很乖巧安靜，也用「おとなしい」。

實用短句

この猫(ねこ)はおとなしいですね。
ko.no.ne.ko.wa./o.to.na.shi.i.de.su.ne.
這隻貓很乖。

おとなしくしなさい。
o.to.na.sh.ku.shi.na.sa.i.
安靜一點。/冷靜下來。

延伸單字

冷静(れいせい)	冷靜 re.i.se.i.
物静(ものしず)か	安靜 mo.no.shi.zu.ka.
穏(おだ)やか	穩重 o.ta.ya.ka.
温厚(おんこう)	穩重 o.n.ko.u.

しんせつ
親切
shi.n.se.tsu.

親切

說明

形容人很親切有善意，就用「親切」這個詞。

實用短句

彼は親切な人です。

ka.re.wa./shi.n.se.tsu.na./hi.to.de.su.

他是很親切的人。

ご親切にお教えいただき、ありがとうございました。

go.shi.n.se.tsu.ni./o.o.shi.e.i.ta.da.ki./a.ri.ga.to.u./go.za.i.ma.shi.ta.

謝謝你很親切的教我。

延伸單字

思いやり	為人著想 o.mo.i.ya.ri.
優しい	溫柔、親切 ya.sa.shi.i.
心遣い	為人著想 ko.ko.ro.zu.ka.i.
好意的	善意的 ko.u.i.te.ki.

怒(おこ)りっぽい

o.ko.ri.ppo.i.

易怒的

說明

「怒(おこ)りっぽい」也可以說「いかりっぽい」，表示一個人易怒。

實用短句

私(わたし)の妹(いもうと)はかなり怒(おこ)りっぽいです。

wa.ta.shi.no./i.mo.u.to.wa./ka.na.ri./o.ko.ri.ppo.i.de.su.

我妹妹十分易怒。

怒(おこ)りっぽい性格(せいかく)を直(なお)したいです。

o.ko.ri.ppo.i.se.i.ka.ku.o./na.o.shi.ta.i.de.su.

想要改正易怒的個性。

延伸單字

短気(たんき)	沒耐性愛生氣 ta.n.ki.
気(き)の短(みじか)い	沒耐性 ki.no.mi.ji.ka.i.
癇性(かんしょう)	易怒 ka.n.sho.u.
いかりっぽい	易怒 i.ka.ri.ppo.i.

内向的(ないこうてき)

na.i.ko.u.te.ki.

內向的

說明

內向除了可以用「内向的(ないこうてき)」，還可以說「内気(うちき)」。

實用短句

彼(かれ)は内向的(ないこうてき)です。

ka.re.wa./na.i.ko.u.te.ki./de.su.

他很內向。

彼(かれ)は内向的(ないこうてき)な人(ひと)です。

ka.re.wa./na.i.ko.u.te.ki.na./hi.to.de.su.

他是內向的人。

延伸單字

内気(うちき)	內向 u.chi.ki.
内向(うちむ)き	內向 u.chi.mu.ki.
暗(くら)い	性格灰暗 ku.ra.i.

陽気（ようき）

yo.u.ki.

有朝氣的、活潑的

說明

「陽気（ようき）」是形容人很活潑、有元氣的樣子。

實用短句

あの人（ひと）は陽気（ようき）です。

a.no.hi.to.wa./yo.u.ki.de.su.

那個人很有朝氣。

子供（こども）たちは陽気（ようき）に遊（あそ）んでいます。

ko.do.mo.ta.chi.wa./yo.u.ki.ni./a.so.n.de.i.ma.su.

小朋友們很有朝氣地在玩。

延伸單字

明（あか）るい	性格開朗 a.ka.ru.i.
外向的（がいこうてき）	外向 ga.i.ko.u.te.ki.
外向（そとむ）き	外向 so.to.mu.ki.
おおらか	不拘小節 o.o.ra.ka.

明るい

a.ka.ru.i.

開朗

說明

「明るい」本來是形容明亮，也可以用來形容個性開朗。

實用短句

彼は性格が明るいです。

ka.re.wa./se.i.ka.ku.ga./a.ka.ru.i.de.su.

他的個性很開朗。

彼は明るい青年です。

ka.re.wa./a.ka.ru.i.se.i.ne.n.de.su.

他是個性開朗的青年。

延伸單字

前向き	正面思考、積極 ma.e.mu.ki.
楽天的	樂天的 ra.ku.te.n.te.ki.
くよくよしない	不扭捏 ku.yo.ku.yo.shi.na.i.
積極的	個性積極 se.kkyo.ku.te.ki.

静(しず)か

shi.zu.ka.

安靜

說明

「静(しず)か」形容安靜，及個性話少。

實用短句

私(わたし)は静(しず)かな性格(せいかく)です。

wa.ta.shi.wa./shi.zu.ka.na./se.i.ka.ku.de.su.

我的個性很安靜。

夫(おっと)は無口(むくち)で静(しず)かな性格(せいかく)です。

o.tto.wa./mu.ku.chi.de./shi.zu.ka.na./se.i.ka.ku.de.su.

我老公話少個性安靜。

延伸單字

穏(おだ)やか	穩重 o.da.ya.ka.
温厚(おんこう)	溫和 o.n.ko.u.
無口(むくち)	話少 mu.ku.chi.
しとやか	安靜 shi.to.ya.ka.

おしゃべり

o.sha.be.ri.

愛說話

說明

「おしゃべり」可以用來形容愛說話，或是愛說人閒話的大嘴巴。

實用短句

おしゃべりな人は信用できないです。

o.sha.be.ri.na.hi.to.wa./shi.n.yo.u.de.ki.na.i.de.su.

愛說話的人不能相信。

おしゃべりな性格を直したいです。

o.sha.be.ri.na./se.i.ka.ku.o./na.o.shi.ta.i.de.su.

想要改正愛說話的個性。

延伸單字

話好き	愛說話 ha.na.shi.zu.ki.
口が軽い	容易把祕密說出去 ku.chi.ga./ka.ru.i.
饒舌	多嘴 jo.u.ze.tsu.
口数が多い	愛說閒話 ku.chi.ka.zu.ga./o.o.i.

おくびょう
臆病
o.ku.byo.u.

膽小

説明

「臆病（おくびょう）」指的是凡事膽小、害怕的個性。

實用短句

娘（むすめ）は臆病（おくびょう）で悩（なや）みやすいです。

mu.su.me.wa./o.ku.byo.u.de./na.ya.mi.ya.su.i.de.su.

女兒很膽小、愛擔心。

彼（かれ）は非常（ひじょう）に臆病（おくびょう）です。

ka.re.wa./hi.jo.u.ni./o.ku.byo.u.de.su.

他很膽小。

延伸單字

神経質（しんけいしつ）	神經質 shi.n.ke.i.shi.tsu.
怖（こわ）がり	膽小、容易害怕 ko.wa.ga.ri.
小心（しょうしん）	膽小怕事 sho.u.shi.n.
気弱（きよわ）い	膽小 ki.yo.wa.i.

のんき

no.n.ki.

溫吞、悠哉

説明

「のんき」形容人的個性悠哉、步調慢，不急不徐。

實用短句

彼(かれ)は生(う)まれ付(づ)きのんきなたちです。

ka.re.wa./u.ma.re.zu.ki./no.n.ki.na.ta.chi.de.su.

他生來就是個性溫和。

のんきに暮(く)らします。

no.n.ki.ni./ku.ra.shi.ma.su.

悠閒地生活。

延伸單字

おっとり	悠閒、溫吞 o.tto.ri.
気長(きなが)	溫吞 ki.na.ga.
安気(あんき)	溫吞 a.n.ki.
楽天的(らくてんてき)	樂天 ra.ku.te.n.te.ki.

素直

すなお

su.na.o.

正直、誠實、老實

說明

「素直（すなお）」指的是個性直白、誠實。

實用短句

彼（かれ）は素直（すなお）な性質（せいしつ）です。

ka.re.wa./su.na.o.na./se.i.shi.tsu.de.su.

他個性正直。

素直（すなお）な子（こ）です。

su.na.o.na./ko.de.su.

正直的孩子。

延伸單字

温厚（おんこう）	溫和 o.n.ko.u.
純真（じゅんしん）	純真 ju.n.shi.n.
素朴（そぼく）	純樸 so.po.ku.
誠実（せいじつ）	誠實 se.i.ji.tsu.

傢俱

インテリア
i.n.te.ri.a.
家具

說明

「インテリア」指的是較具時尚感的家具裝潢。

實用短句

この店(みせ)におしゃれなインテリアがいっぱいあります。

ko.no.mi.se.ni./o.sha.re.na./i.n.te.ri.a.ga./i.ppa.i./a.ri.ma.su.

這家店有很多很時尚的家具。

彼女(かのじょ)はインテリアデザイナーです。

ka.no.jo.wa./i.n.te.ri.a./de.za.i.na.a.de.su.

她是家具設計師。

延伸單字

ファニチャー	家具 fa.ni.cha.a.
家具(かぐ)	家具 ka.gu.
内装(ないそう)	內部裝潢 na.i.so.u.
雑貨(ざっか)	生活雜貨、生活小物 za.kka.

椅子(いす)
i.su.
椅子

說明

「椅子(いす)」泛指所有椅子；若是無椅腳的和式椅，則稱爲「座椅子(ざいす)」。

實用短句

椅子(いす)に掛(か)けます。
i.su.ni./ka.ke.ma.su.
坐到椅子上。

椅子(いす)から立(た)ち上(あ)がります。
i.su.ka.ra./ta.chi.a.ga.ri.ma.su.
從坐著的椅子上站起來。

延伸單字

ソファ	沙發 so.fa.
ベンチ	長板凳 be.n.chi.
揺(ゆ)り椅子(いす)	搖椅 yu.ri.i.su.
ひじ掛(か)け	椅子的扶手 hi.ji.ka.ke.

track 074

机

つくえ

tsu.ku.e.

桌子

說明

「机」泛指所有的桌子。專用的書桌爲「学習机」；餐桌爲「食卓」。

實用短句

机の上に花瓶があります。

tsu.ku.e.no./u.e.ni./ka.bi.n.ga./a.ri.ma.su.

桌子上有花瓶。

机の下に隠れます。

tsu.u.e.no./shi.ta.ni./ka.ku.re.ma.su.

躲在桌子下面。

延伸單字

デスク	桌子 de.s.u.ku.
学習机	書桌 ga.ku.shu.u.zu.ku.e.
テーブル	桌子 te.e.bu.ru.
食卓	餐桌 sho.ku.ta.ku.

だな
棚
ta.na.

架子、櫃子

說明

「棚(だな)」泛指所有的架子、櫃子；若是嵌入牆壁的大壁櫃，則是叫「押入れ(おしいれ)」。

實用短句

棚(たな)を組(く)み立(た)てます。

ta.na.o./ku.mi.ta.te.ma.su.

組櫃子。

彼女(かのじょ)はその本(ほん)を棚(だな)の上(うえ)に置(お)きました。

ka.no.jo.wa./so.no.ho.n.o./ta.na.no.u.e.ni./o.ki.ma.shi.ta.

她把那本書放在櫃子上。

延伸單字

本棚(ほんだな)	書櫃 ho.n.da.na.
食器棚(しょっきだな)	餐具櫃 sho.kki.da.na.
押入れ(おしいれ)	壁櫃 o.shi.i.re.
クローゼット	衣櫃 ku.ro.o.ze.tto.

カーペット
ka.a.pe.tto.
地毯

說明

「カーペット」指的是地毯；地板則爲「床（ゆか）」或「フローリング」。

實用短句

カーペットを汚（よご）してしまいました。
ka.a.pe.tto.o./yo.go.shi.te./shi.ma.i.ma.shi.ta.
不小心把地毯弄髒了。

カーペットの上（うえ）で寝（ね）てしまいました。
ka.a.pe.tto.no.u.e.de./ne.te.shi.ma.i.ma.shi.ta.
在地毯上睡著了。

延伸單字

じゅうたん	地毯 ju.u.ta.n.
ラグマット	腳踏墊 ra.gu.ma.tto.
マット	墊子 ma.tto.
床（ゆか）	地板 yu.ka.

ベッド
be.ddo.
床

說明

「ベッド」指的是西式的床；一般和室房是將被子鋪在地板上睡。

實用短句

新しいベッドを買いました。
a.ta.ra.shi.i./be.ddo.o./ka.i.ma.shi.ta.
買了新的床。

ベッドに寝ています。
be.ddo.ni./ne.te.i.ma.su.
在床上睡著。

延伸單字

シングルベッド	單人床 shi.n.gu.ru.be.ddo.
ダブルベッド	雙人床 da.bu.ru.be.ddo.
ベビーベッド	嬰兒床 be.bi.i.be.ddo.
二段ベッド	上下鋪 ni.da.n.be.ddo.

壁紙（かべがみ）

ka.be.ga.mi.

壁紙

說明

「壁紙（かべがみ）」是指貼在牆壁上的壁紙，也可以用來指電腦或手機的桌布，也可以說「ウォールペーパー」。

實用短句

トイレと洗面所（せんめんじょ）の壁紙（かべがみ）を新調（しんちょう）しました。

to.i.re.to./se.n.me.n.jo.no./ka.be.ga.mi.o./shi.n.cho.u.shi.ma.shi.ta.

把廁所和洗手間的壁紙都換新了。

壁紙（かべがみ）を張（は）り替（か）えました。

ka.be.ga.mi.o./ha.ri.ka.e.ma.shi.ta.

重貼新壁紙。

延伸單字

ウォールペーパー	壁紙 o.o.ru.pe.e.pa.a.
ペンキ	油漆 pe.n.ki.
壁（かべ）	牆壁 ka.be.

カーテン

ka.a.te.n.

窗簾

說明

「カーテン」指的是窗簾，拉開窗簾用的動詞是「開(あ)けます」，拉上窗簾的動詞是「閉(し)めます」。

實用短句

カーテンを開(あ)けてください。

ka.a.te.n.o./a.ke.te./ku.da.sa.i.

請把窗簾打開。

窓(まど)のカーテンを閉(し)めます。

ma.do.no./ka.a.te.n.o./shi.me.ma.su.

請把窗簾拉上。

延伸單字

ブレンダー	百葉窗 bu.re.n.da.a.
ドレープ	垂墜式的窗簾 do.re.e.pu.
窓(まど)	窗戶 ma.do.

track 077

こたつ

ko.ta.tsu.

小暖桌

說明

「こたつ」是傳統日式的小桌，上面覆有像被子的厚毯，桌子裡則有加熱器，在冬天時保暖。

實用短句

こたつの中に入ります。

ko.ta.tsu.no./na.ka.ni./ha.i.ri.ma.su.

把腳放入小暖桌裡。

こたつを囲んで鍋パーティーします。

ko.ta.tsu.o./ka.ko.n.de./na.be.pa.a.ti.i.shi.ma.su.

圍著小暖桌開火鍋派對。

延伸單字

電気毛布	電毯 de.n.ki.mo.u.fu.
床暖房	地板暖氣 yu.ka.da.n.bo.u.
いろり	地爐 i.ro.ri.
ヒーター	電暖器 hi.i.ta.a.

浴槽（よくそう）

yo.ku.so.u.

浴缸

說明

日本有泡澡的習慣，所以多半的家庭會有浴缸。

實用短句

浴槽（よくそう）を洗（あら）います。

yo.ku.so.u.o./a.ra.i.ma.su.

清洗浴缸。

浴槽（よくそう）に水（みず）を張（は）ります。

yo.ku.so.u.ni./mi.zu.o./ha.ri.ma.su.

在浴缸裡放水。

延伸單字

バスタブ	浴缸 ba.su.ta.bu.
湯（ゆ）ぶね	浴缸 yu.bu.ne.
風呂（ふろ）おけ	泡澡用的桶子 fu.ro.o.ke.

リフォーム

ri.fo.o.mu.

重新裝潢、翻修

說明

將舊房子的內部重新裝潢，就稱為「リフォーム」。

實用短句

我が家をリフォームしました。

wa.ga.ya.o./ri.fo.o.mu.shi.ma.shi.ta.

把家裡重新裝潢。

中古マンションを購入してリフォームしようと考えています。

chu.u.ko./ma.n.sho.n.o./ko.u.nyu.u.shi.te./ri.fo.o.mu.shi.yo.u.to./ka.n.ga.e.te.i.ma.su.

正在考慮買中古的公寓來進行裝修。

延伸單字

建て直し	重建 ta.te.na.o.shi.
改装	重新裝潢 ka.i.so.u.
改築	改建 ka.i.chi.ku.
修復	修復 shu.u.fu.ku.

生活用品

布団（ふとん）

fu.to.n.

棉被

說明

棉被又可以分成蓋的「掛け布団（かけぶとん）」、下面鋪的「敷布団（しきぶとん）」。而除了棉被，還有毛毯，日文中叫做「毛布（もうふ）」。

實用短句

布団（ふとん）を畳（たた）みます。

fu.to.n.o./ta.ta.mi.ma.su.

疊棉被。

子供（こども）に布団（ふとん）を掛（か）けてやります。

ko.do.mo.ni./fu.to.n.o./ka.ke.te./ya.ri.ma.su.

幫孩子蓋棉被。

延伸單字

敷布団（しきぶとん）	鋪在底下的棉被 shi.ki.bu.to.n.
掛け布団（かけぶとん）	蓋的被子 ka.ke.bu.to.n.
シーツ	床單 shi.i.tsu.
マット	彈簧床墊 ma.tto.

クッション

ku.ssho.n.

抱枕、靠枕

說明

「クッション」是抱枕，抱枕套則是「クッションカバー」；睡覺用的枕頭則是「枕(まくら)」。

實用短句

このクッションは綺麗(きれい)です。

ko.no.ku.ssho.n.wa./ki.re.i.de.su.

這個抱枕很漂亮。

このクッションは柔(やわ)らかいです。

ko.no.ku.ssho.n.wa./ya.wa.ra.ka.i.de.su.

這個抱枕很軟。

延伸單字

座布団(ざぶとん)	日式座墊 za.bu.to.n.
枕(まくら)	枕頭 ma.ku.ra.
背(せ)もたれ	靠背 se.mo.ta.re.
クッションカバー	抱枕套 ku.ssho.n.ka.ba.a.

track 080

しょっき

食器

sho.kki.

餐具

說明

「食器」泛指所有餐具。餐具櫃則稱爲「食器棚」。

實用短句

食器を洗います。

sho.kki.o./a.ra.i.ma.su.

洗碗。

綺麗な食器を集めています。

ki.re.i.na./sho.kki.o./a.tsu.me.te.i.ma.su.

收集漂亮的餐具。

延伸單字

お皿	盤子 o.sa.ra.
お椀	碗 o.wa.n.
ボウル	大碗、盆 bo.u.ru.
取り皿	分裝的小盤 to.ri.za.ra.

はし
箸
ha.shi.
筷子

說明

「箸」是筷子，另外湯匙是「スプーン」、叉子是「フォーク」。

實用短句

箸の使い方を学びます。
ha.shi.no./tsu.ka.i.ka.ta.o./ma.na.bi.ma.su.
學習用筷子。

彼は箸が上手に使えます。
ka.re.wa./ha.shi.ga./jo.u.zu.ni./tsu.ka.e.ma.su.
他很會用筷子。

延伸單字

フォーク	叉子 fo.o.ku.
スプーン	湯匙 su.pu.u.n.
しゃもじ	飯勺 sha.mo.ji.
箸置き	筷架 ha.shi.o.ki.

なべ
鍋
na.be.

鍋子

說明

「鍋」可以指鍋子，也可以指火鍋。

實用短句

大きい鍋でうどんをゆでました。

o.o.ki.i.na.be.de./u.do.n.o./yu.de.ma.shi.ta.

用大鍋子煮烏龍麵。

寒くなると鍋が食べたくなります。

sa.mu.ku.na.ru.to./na.be.ga./ta.be.ta.ku.na.ri.ma.su.

天氣變冷就想吃火鍋。

延伸單字

フライパン	平底鍋 fu.ra.i.pa.n.
中華鍋	中華炒鍋 chu.u.ka.na.be.
土鍋	土鍋 do.na.be.
スープ鍋	湯鍋 su.u.pu.na.be.

せっけん
石鹸
se.kke.n.
香皂

說明

「石鹸」指的是香皂，沐浴乳則是「ボディソープ」；洗手乳是「ハンドソープ」；洗髮精是「シャンプー」。

實用短句

石鹸で手を洗います。
se.kke.n.de./te.o./a.ra.i.ma.su.
用香皂洗手。

この石鹸の泡立ちがいいです。
ko.no./se.kke.n.no./a.wa.da.chi.ga./i.i.de.su.
這個香皂很會起泡。

延伸單字

シャンプー	洗髮精 sha.n.pu.u.
コンディショナー	潤髮乳 ko.n.di.sho.na.a.
ボディソープ	沐浴乳 bo.di.so.o.pu.
ハンドソープ	洗手乳 ha.n.do.so.o.pu.

track 082

歯ブラシ

ha.bu.ra.shi.

牙刷

說明

「歯ブラシ」指牙刷，「歯磨き」則指刷牙的動作或是牙膏。

實用短句

新しい歯ブラシを買いました。

a.ta.ra.shi.i./ha.bu.ra.shi.o./ka.i.ma.shi.ta.

買了新的牙刷。

この歯ブラシの毛先が開いています。

ko.no./ha.bu.ra.shi.no./ke.sa.ki.ga./hi.ra.i.te.i.ma.su.

這牙刷的刷毛已經開了。

延伸單字

電動歯ブラシ	電動牙刷 de.n.do.u.ha.bu.ra.shi.
歯磨き	刷牙、牙膏 ha.mi.ga.ki.
うがい薬	漱口水 u.ga.i.gu.su.ri.
デンタルフロス	牙線 de.n.ta.ru.fu.ro.su.

タオル

ta.o.ru.

毛巾

說明

「タオル」是毛巾的總稱，洗臉用的是「フェイスタオル」，大的浴巾是「バスタオル」；而手帕則是「ハンカチ」。

實用短句

タオルで体を拭きます。

ta.o.ru.de./ka.ra.da.o./fu.ki.ma.su.

用毛巾擦身體。

タオルで顔を洗います。

ta.o.ru.de./ka.o.o./a.ra.i.ma.su.

用毛巾洗臉。

延伸單字

バスタオル	浴巾 ba.su.ta.o.ru.
フェイスタオル	洗臉用毛巾 fe.i.su.ta.o.ru.
手ぬぐい	棉質且薄的大方巾 te.nu.gu.i.
ハンカチ	手帕 ha.n.ka.chi.

カレンダー

ka.re.n.da.a.

月曆

說明

「カレンダー」爲月曆，桌上型月曆爲「卓上カレンダー」，壁掛式月曆爲「壁掛けカレンダー」；隨身用的記事本則爲「手帳」。

實用短句

今年の卓上カレンダーを買いました。

ko.to.shi.nio./ta.ku.jo.u.ka.re.n.da.a.o./ka.i.ma.shi.ta.

我買了今年的桌曆。

壁にカレンダーが掛かっています。

ka.be.ni./ka.re.n.da.a.ga./ka.ka.tte.i.ma.su.

牆上掛著月曆。

延伸單字

卓上カレンダー	桌上型月曆 ta.ku.jo.u.ka.re.n.a.da.a.
壁掛けカレンダー	壁掛式月曆 ka.be.ka.ke.ka.re.n.da.a.
日記	日記 ni.kki.
手帳	記事本 te.cho.u.

時計

to.ke.i.

時鐘

說明

「時計」爲時鐘，手機的鬧鈴則稱爲「アラーム」。

實用短句

時計が止まりました。

to.ke.i.ga./to.ma.ri.ma.shi.ta.

時鐘停了。

私の時計は合っています。

wa.ta.shi.no./to.ke.i.wa./a.tte.i.ma.su.

我的時鐘(手錶)時間是準的。

延伸單字

腕時計	手錶 u.de.do.ke.i.
デジタル時計	數位時鐘 de.ji.ta.ru.do.ke.i.
砂時計	沙漏 su.na.do.ke.i.
目覚まし時計	鬧鐘 me.za.ma.shi.do.ke.i.

ぞうきん
雑巾
zo.u.ki.n.

(地板用的)抹布

說明

「雑巾（ぞうきん）」是地板用的抹布，若是擦桌子用的抹布，則是「布巾（ふきん）」。

實用短句

床（ゆか）に雑巾（ぞうきん）をかけます。

yu.ka.ni./zo.u.ki.n.o./ka.ke.ma.su.

用抹布擦地板。

雑巾（ぞうきん）を絞（しぼ）ります。

zo.u.ki.n.o./shi.bo.ri.ma.su.

擰乾抹布。

延伸單字

キッチンダスター	廚房抹布 ki.cchi.n.da.su.ta.a.
ペーパーダスター	紙抹布 pe.e.pa.a.da.su.ta.a.
布巾（ふきん）	擦桌椅用的抹布 fu.ki.n.
ラグマット	腳踏墊 ra.gu.ma.tto.

バケツ

ba.ke.tsu.

桶子、水桶

說明

「バケツ」是水桶，「桶（おけ）」則是指一般木製的桶子。

實用短句

バケツに水（みず）を入（い）れます。

ba.ke.tsu.ni./mi.zu.o./i.re.ma.su.

在水桶裡裝水。

雨（あめ）がバケツをひっくり返（かえ）したように降（ふ）っています。

a.me.ga./ba.ke.tsu.o./hi.kku.ri.ka.e.shi.ta.yo.u.ni./fu.tte.i.ma.su.

雨像用水桶倒的一般下得很大。

延伸單字

たる	樽 ta.ru.
ポリバケツ	塑膠桶 po.ri.ba.ke.tsu.
桶（おけ）	木桶 o.ke.
ゴミ箱（ばこ）	垃圾桶 go.mi.ba.ko.

スリッパ
su.ri.ppa.
拖鞋

說明

「スリッパ」指的是一般拖鞋，在室內穿的鞋子則是「ルームシューズ」，學生在學校穿的室內鞋則是「上履(うわば)き」。

實用短句

スリッパを履(は)きます。
su.ri.ppa.o./ha.ki.ma.su.
穿拖鞋。

入口(いりぐち)でスリッパに履(は)き替(か)えます。
i.ri.gu.chi.de./su.ri.ppa.ni./ha.ki.ka.e.ma.su.
在入口處換穿拖鞋。

延伸單字

上履(うわば)き	(學校穿的)室內鞋 u.wa.ba.ki.
ルームシューズ	室內鞋 ru.u.mu.shu.u.zu.
土足禁止(どそくきんし)	禁止穿鞋進入。 do.so.ku.ki.n.shi.
サンダル	涼鞋 sa.n.da.ru.

生活 每日一字 日語

電器

しょうめい
照明

sho.u.me.i.

電燈、照明

說明

「照明(しょうめい)」泛指全體照明，日文中的燈，稱為「電気(でんき)」。

實用短句

この部屋(へや)は照明(しょうめい)が悪(わる)いです。

ko.no.he.ya.wa./sho.u.me.i.ga./wa.ru.i.de.su.

這個房間的照明採光不太好。

舞台全体(ぶたいぜんたい)に青(あお)い照明(しょうめい)を当(あ)てます。

bu.ta.i./ze.n.ta.i.ni./a.o.i./sho.u.me.no./a.te.ma.su.

藍色的燈光照著整個舞台。

延伸單字

電気(でんき)	燈 de.n.ki.
照明(しょうめい)ランプ	照明燈 sho.u.me.i.ra.n.pu.
スタンド	檯燈 su.ta.n.do.
ランプ	燈 ra.n.pu.

だんぼう

暖房

da.n.bo.u.

暖氣

說明

日本四季分明，多天通常需要暖氣，除了一般空調「暖房」外，還有電暖氣「ヒーター」、地熱「床暖房」等。

實用短句

暖房をつけます。

da.n.bo.u.o./tsu.ke.ma.su.

開暖氣。

暖房がきいています。

da.n.bo.u.ga./ki.i.te.i.ma.su.

暖氣很暖。

延伸單字

床暖房	地熱、地板暖氣 yu.ka.da.n.bo.u.
ヒーター	電熱器 hi.i.ta.a.
ストーブ	暖爐 su.to.o.bu.
灯油	煤油 to.u.yu.

冷房

れいぼう

re.i.bo.u.

冷氣

說明

冷氣除了叫「冷房（れいぼう）」，還可以用「クーラー」或「エアコン」等單字。

實用短句

冷房（れいぼう）をつけてください。

re.i.bo.u.o./tsu.ke.te./ku.da.sa.i.

開冷氣。

冷房（れいぼう）を消（け）します。

re.i.bo.u.o./ke.shi.ma.su.

把冷氣關掉。

延伸單字

クーラー	冷氣 ku.u.ra.a.
エアコン	冷氣 e.a.ko.n.
扇風機（せんぷうき）	電風扇 se.n.pu.u.ki.
節電（せつでん）	省電 se.tsu.de.n.

冷蔵庫（れいぞうこ）
re.i.zo.u.ko.
冰箱

說明

冰箱等家具在丟棄時，屬於大型垃圾，日文中稱爲「粗大（そだい）ごみ」，需要請專人回收處理。

實用短句

りんごを冷蔵庫（れいぞうこ）の中（なか）に入（い）れます。
ri.n.go.o./re.i.zo.u.ko.no./na.ka.ni./i.re.ma.su.
把蘋果放到冰箱裡。

冷蔵庫（れいぞうこ）にケーキがあります。
re.i.zo.u.ko.u.ni./ke.e.ki.ga./a.ri.ma.su.
冰箱裡有蛋糕。

延伸單字

冷凍（れいとう）	冷凍 re.i.to.u.
野菜室（やさいしつ）	蔬果室 ya.sa.i.shi.tsu.
自動製氷（じどうせいひょう）	製冰功能 ji.do.u.se.i.hyo.u.
保冷袋（ほれいぶくろ）	保冷袋 ho.u.re.i.bu.ku.ro.

電子レンジ

de.n.shi.re.n.ji.

微波爐

說明

使用微波爐加熱，動詞是用「温めます」，也可以說「チンします」。

實用短句

電子レンジで料理を作ります。

de.n.shi.re.n.ji.de./ryo.u.ri.o./tsu.ku.ri.ma.su.

用微波爐做菜。

電子レンジでお弁当を温めます。

de.n.shi.re.n.ji.de./o.be.n.to.u.o./a.ta.ta.me.ma.su.

用微波爐熱便當。

延伸單字

温めます	加熱 a.ta.ta.me.ma.su.
炊飯器	電子鍋 su.i.ha.n.ki.
トースター	烤箱 to.o.su.ta.a.
オーブン	(大型)烤箱 o.o.bu.n.

テレビ

te.re.bi.

電視

說明

日本在2012年進行電視全面數位化，稱為「地(ち)デジ」。

實用短句

テレビを付(つ)けます。

te.re.bi.o./tsu.ke.ma.su.

打開電視。

テレビを見(み)ます。

te.re.bi.o./mi.ma.su.

看電視。

延伸單字

録画(ろくが)	錄影 ro.ku.ga.
チャンネル	頻道 cha.n.ne.ru.
チューナー	電波、接收器、電視盒 chu.u.na.a.
地(ち)デジ	電視數位化 chi.de.ji.

パソコン

pa.so.ko.n.

電腦

說明

一般桌上型電腦稱為「パソコン」，筆記型電腦則為「ノートブック」，平板電腦則是「タブレット」。

實用短句

パソコンを立(た)ち上(あ)げます。

pa.so.ko.n.o./ta.chi.a.ge.ma.su.

啟動電腦。

パソコンが壊(こわ)れました。

pa.so.ko.n.ga./ko.wa.re.ma.shi.ta.

電腦壞了。

延伸單字

タブレット	平板電腦 ta.bu.re.tto.
スマートフォン	智慧型手機 su.ma.a.to.fo.n.
プリンター	印表機 pu.ri.n.ta.a.
ノートブック	筆記型電腦 no.o.to.bu.kku.

コーヒーメーカー

ko.o.hi.i.me.e.ka.a.

咖啡機

說明

「コーヒーメーカー」是咖啡機，沖咖啡的動詞是用「いれます」，磨咖啡豆則是「豆挽き（まめび）」。

實用短句

コーヒーメーカーを買（か）いました。

ko.o.hi.i.me.e.ka.a.o./ka.i.ma.shi.ta.

買了咖啡機。

コーヒーメーカーにもいろいろな機能（きのう）があります。

ko.o.hi.i.me.e.ka.a.ni.mo./i.ro.i.ro.na./ki.no.u.ga./a.ri.ma.su.

咖啡機有各種不同的功能。

延伸單字

ホームベーカリー	麵包機 ho.o.mu.be.e.ka.ri.i.
ミキサー	果汁機 mi.ki.sa.a.
フードプロセッサー	食物調理機 fu.u.do.pu.ro.se.ssa.a.
浄水器（じょうすいき）	淨水器 jo.u.su.i.ki.

カミソリ
ka.mi.so.ri.
剃刀、刮鬍刀

說明

「カミソリ」一般是指剃刀，「シェイバー」則指刮鬍刀或除毛刀。

實用短句

毎朝(まいあさ)かみそりを当(あ)てます。
ma.i.a.sa./ka.mi.so.ri.o./a.te.ma.su.
每天刮鬍子。

カミソリで指(ゆび)を切(き)ってしまいました。
ka.mi.so.ri.de./yu.bi.o./ki.tte./shi.ma.i.ma.shi.ta.
不小心被刮鬍刀割到手。

延伸單字

シェイバー	除毛刀、刮鬍刀 she.i.ba.a.
電気(でんき)カミソリ	電動刮鬍刀 de.n.ki.ka.mi.so.ri.
電気脱毛器(でんきだつもうき)	電動除毛機 de.n.ki.da.tsu.mo.u.ki.
電動(でんどう)シェイバー	電動刮鬍刀、電動除毛刀 de.n.do.u.she.i.ba.a.

加湿器
ka.shi.tsu.ki.

加濕器

說明

「加湿器」也可以寫成「加湿機」。日本氣候較乾燥，加上冬天開暖氣，室內濕度較乾，需要加濕器來增加濕度。

實用短句

暖房により部屋の中が乾燥するので加湿器は必需品です。

da.n.bo.u.ni.oy.ri./he.ya.no.na.ka.ga./ka.n.so.u.su.ru.no.de./ka.shi.tsu.ki.wa./hi.tsu.ju.hi.n.de.su.

因為暖氣造成房間裡很乾燥，所以加濕器是必需品。

部屋の片隅に加湿器を置きます。

he.ya.no./ka.ta.su.mi.ni./ka.shi.tsu.ki.o./o.ki.ma.su.

在房間的角落放加濕器。

延伸單字

除湿機	除濕機 jo.shi.tsu.ki.
空気洗浄器	空氣清淨機 ku.u.ki.se.n.jo.u.ki.
イオン発生器	臭氧機 i.o.n.ha.sse.i.ki.

ドライヤー
do.ra.i.ya.a.
吹風機

說明

吹風機有許多種類，除了一般吹風機外，還有直髮專用的「ヘアアイロン」和捲髮用的「カールドライヤー」。

實用短句

ドライヤーで髪(かみ)をかわかします。
do.ra.i.ya.a.de./ka.mi.o./ka.wa.ka.shi.ma.su.
用吹風機吹乾頭髮。

ドライヤーをかけます。
do.ra.i.ya.a.o./ka.ke.ma.su.
用吹風機吹頭髮。

延伸單字

ヘアアイロン	平板夾 he.a.a.i.ro.n.
カールドライヤー	捲髮用吹風機 ka.a.ru.do.ra.i.ya.a.
カールアイロン	捲髮器 ka.a.ru.a.i.ro.n.
ヘアブラシ	梳子 he.a.bu.ra.shi.

房間格局

階段（かいだん）
ka.i.da.n.
樓梯

說明

日文中的「階段（かいだん）」是樓梯之意，而中文裡的「階段」在日文中則是說成「段階（だんかい）」。

實用短句

階段（かいだん）を降（お）ります。
ka.i.da.n.o./o.ri.ma.su.
下樓梯。

階段（かいだん）から落（お）ちます。
ka.i.da.n.ka.ra./o.chi.ma.su.
從樓梯上摔下來。

延伸單字

非常階段（ひじょうかいだん）	逃生梯 hi.jo.u.ka.i.da.n.
らせん階段（かいだん）	螺旋狀的樓梯 ra.se.n.ka.i.da.n.
階（かい）	……樓 ka.i.
石段（いしだん）	石階 i.shi.da.n.

エレベーター

e.re.be.e.ta.a.

電梯

說明

「エレベーター」是電梯，「エスカレーター」是手扶梯。

實用短句

エレベーターに乗(の)ります。

e.re.e.be.e.ta.a.ni./no.ri.ma.su.

乘坐電梯。

エレーベーターから出(で)ました。

e.re.e.be.e.ta.a.ka.ra./de.ma.shi.ta.

從電梯裡出來。

延伸單字

エスカレーター	手扶梯 e.su.ka.re.e.ta.a.
上(のぼ)ります	向上 no.bo.ri.ma.su.
降(お)ります	往下 o.ri.ma.su.

ドア
do.a.
門

說明

「ドア」也可以說成「戸」、「扉」。門把則爲「ノブ」。

實用短句

ドアを開けます。
do.a.o./a.ke.ma.su.
開門。

ドアを閉めます。
do.a.o./shi.me.ma.su.
關門。

延伸單字

戸	門 to.
扉	門 to.bi.ra.
玄関	玄關 ge.n.ka.n.
入り口	入口 i.ri.gu.chi.

まど
窓
ma.do.

窗戶

說明

打開窗戶的動詞是「開けます」，關上窗戶的動詞是「閉めます」。

實用短句

窓を開けます。

ma.do.o./a.ke.ma.su.

打開窗戶。

窓から中をのぞきます。

ma.do.ka.ra./na.ka.o./no.zo.ki.ma.su.

從窗子往裡看。

延伸單字

通風口	通風口 tsu.u.fu.u.ko.u.
車窓	車窗 sha.so.u.
ガラス窓	玻璃窗 ga.ra.su.ma.do.
のぞき穴	(門上的)貓眼、窺孔 no.zo.ki.a.na.

部屋
he.ya.
房間

說明

屋子裡的的房間都稱爲「部屋」；書房稱爲「勉強部屋」，小孩房稱爲「子供部屋」。

實用短句

部屋に入ります。
he.ya.ni./ha.i.ri.ma.su.
進入房間。

この家には部屋が3つあります。
ko.no.i.e.ni.wa./he.ya.ga./mi.ttsu./a.ri.ma.su.
這間屋子有3間房。

延伸學字

書斎	書房 sho.sa.i.
勉強部屋	書房 be.n.kyo.u.be.ya.
子供部屋	小孩房 ko.do.mo.be.ya.
寝室	臥室 shi.n.shi.tsu.

よくしつ
浴室
yo.ku.shi.tsu.

浴室

說明

日本的浴室多半是乾濕分離。有脫衣的衣物間「脱衣室(だついしつ)」和廁所「トイレ」或有浴缸的浴室「バスルーム」。

實用短句

浴室(よくしつ)をリフォームしました。

yo.ku.shi.tsu.o./ri.fo.o.mu./shi.ma.shi.ta.

將浴室重新整修過。

浴室(よくしつ)で転(ころ)びました。

yo.ku.shi.tsu.de./ko.ro.bi.ma.shi.ta.

在浴室跌倒。

延伸單字

浴場(よくじょう)	公共浴場 yo.ku.jo.u.
バスルーム	洗澡間、浴室 ba.su.ru.u.mu.
風呂場(ふろば)	洗澡間 fu.ro.ba.
脱衣室(だついしつ)	脫衣室、脫衣間 ta.tsu.i.shi.tsu.

トイレ

to.i.re.

廁所

說明

日本的廁分爲「洋式」(坐式)和「和式」(蹲式)。

實用短句

トイレはどこですか。

to.i.re.wa./do.ko.de.su.ka.

請問廁所在哪裡？

彼は今トイレにいます。

ka.re.wa./i.ma./to.i.re.ni./i.ma.su.

他現在去廁所了。

延伸單字

お手洗い	洗手間 o.te.a.ra.i.
洗面所	洗手間 se.n.me.n.jo.
化粧室	洗手間、化妝室 ke.sho.u.shi.tsu.
便器	便器、馬桶 be.n.ki.

キッチン

ki.cchi.n.

廚房

說明

「キッチン」也可以稱爲「台所」，廚房同時兼作飯廳可用餐的，稱爲「ダイニングキッチン」。

實用短句

キッチンを掃除します。

ki.cchi.n.o./so.u.ji.shi.ma.su.

打掃廚房。

キッチンを自分でリフォームしました。

ki.cchi.n.o./ji.bu.n.de./ri.fo.o.mu.shi.ma.shi.ta.

自己翻修廚房。

延伸單字

台所	廚房 da.i.do.ko.ro.
調理場	廚房 cho.u.ri.ba.
厨房	廚房 chu.u.bo.u.
ダイニングキッチン	有餐桌的廚房 da.i.ni.n.gu.ki.cchi.n.

リビング
ri.bi.n.gu.
客廳

說明

客廳除了可以說「リビング」，也可以說「茶の間」。

實用短句

リビングでくつろぎます。
ri.bi.n.gu.de./ku.tsu.ro.gi.ma.su.
放鬆坐在客廳。

子供がリビングでテレビを見ています。
ko.do.mo.ga./ri.bi.n.gu.de./te.re.bi.o./mi.te.i.ma.su.
小孩在客廳看電視。

延伸單字

茶の間	客廳 cha.no.ma.
居間	客廳 i.ma.
居室	客廳 kyo.shi.tsu.
リビングルーム	客廳 ri.bi.n.gu.ru.u.mu.

ベランダ
be.ra.n.da.
陽台

說明

「ベランダ」是有屋頂的陽台，「バルコニー」則是沒有屋頂的，「テラス」則是較寬廣的「バルコニー」。

實用短句

ベランダでハーブを育てます。
be.ra.n.da.de./ha.a.bu.o./so.da.te.ma.su.
在陽台種香草。

ベランダでタバコを吸わないでください。
be.ra.n.da.ade./ta.ba.ko.o./su.wa.na.i.de.ku.da.sa.i.
請勿在陽台吸菸。

延伸單字

バルコニー	陽台、露台 ba.ru.ko.ni.i.
テラス	陽台、露台 te.ra.su.
縁側	和式房子的外面走廊 e.n.ga.wa.
回廊	迴廊 ka.i.ro.u.

庭

ni.wa.

院子

說明

「庭」是院子之意，日本家庭常會在院子種植花草，美化環境。

實用短句

庭の手入れをします。

ni.wa.no./te.i.re.o./shi.ma.su.

整理庭園。

あの家は庭が広いです。

a.no.i.e.wa./ni.wa.ga./hi.ro.i.de.su.

那個家的院子很大。

延伸單字

庭園	庭園 te.i.e.n.
洋風庭園	西式庭園 yo.u.fu.u.te.i.e.n.
和風庭園	日式庭園 wa.fu.u.te.i.e.n.
ガーデン	花園 ga.a.de.n.

交通

交通工具

飛行機

hi.ko.u.ki.

飛機

說明

常見的空中交通工具有飛機「飛行機」、直昇機「ヘリーコプター」。直昇機又叫「ヘリー」。

實用短句

飛行機から降ります。

hi.ko.u.ki.ka.ra./o.ri.ma.su.

從飛機上下來。/下飛機。

彼は1度も飛行機に乗ったことがありません。

ka.re.wa./i.chi.do.mo./hi.ko.u.ki.ni./no.tta.ko.to.ga./a.ri.ma.se.n.

他從來沒坐過飛機。

延伸單字

ジェット機	噴射機 je.tto.ki.
ヘリーコプター	直昇機 he.ri.i.ko.pu.ta.a.
軍用機	軍用機 gu.n.yo.u.ki.
貨物機	貨機 ka.mo.tsu.ki.

車（くるま）

ku.ru.ma.

車子

說明

車子除了叫「車（くるま）」，還可以叫「自動車（じどうしゃ）」，駕訓班叫做「自動車学校（じどうしゃがっこう）」。

實用短句

車（くるま）で会社（かいしゃ）へ行（い）きます。

ku.ru.ma.de./ka.i.sha.e./i.ki.ma.su.

開車去公司。

車（くるま）を運転（うんてん）できますか。

ku.ru.ma.o./u.n.te.n.de.ki.ma.su.ka.

會開車嗎？

延伸單字

自動車（じどうしゃ）	車 ji.do.u.sha.
タクシー	計程車 ta.ku.shi.i.
トラック	卡車 to.ra.kku.
マイカー	自己的車(my car) ma.i..ka.a.

船（ふね）
fu.ne.

船

說明

載人往來兩地的船為「フェリー」；觀光遊湖的船則為「遊覧船（ゆうらんせん）」。

實用短句

船（ふね）で福岡（ふくおか）に行（い）きました。

fu.ne.de./fu.ku.o.ka.ni./i.ki.ma.shi.ta.

坐船去福岡。

船（ふね）を漕（こ）ぎます。

fu.ne.o./ko.gi.ma.su.

划船。

延伸單字

船酔（ふなよ）い	暈船 fu.na.yo.i.
遊覧船（ゆうらんせん）	觀光船 yu.u.ra.n.se.n.
ヨット	帆船 yo.tto.
ボート	船 bo.o.to.

でんしゃ
電車
de.n.sha.

電車、火車

說明

一般普通的火車叫「電車（でんしゃ）」，行駛路線稱爲「在来線（ざいらいせん）」，高速鐵路則叫「新幹線（しんかんせん）」。

實用短句

この電車（でんしゃ）は新宿（しんじゅく）行（ゆ）きですか。

ko.no.de.n.sha.wa./shi.n.ju.ku.yu.ki./de.su.ka.

這台火車會往新宿嗎？

新宿（しんじゅく）で電車（でんしゃ）に乗（の）りました。

shi.n.ju.ku.de./de.n.sha.ni./no.ri.ma.shi.ta.

在新宿上了火車。

延伸單字

私鉄電車（してつでんしゃ）	民營鐵路公司 shi.te.tsu.de.n.sha.
地下鉄（ちかてつ）	地下鐵 chi.ka.te.tsu.
新幹線（しんかんせん）	新幹線 sh.n.ka.n.se.n.
路面電車（ろめんでんしゃ）	路面電車 ro.me.n.de.n.sha.

バス
ba.su.
公車、巴士

說明

一般行駛市區內短程的巴士稱爲「路線(ろせん)バス」，長程巴士爲「高速(こうそく)バス」。

實用短句

バスで渋谷(しぶや)へ行(い)きました。

ba.su.de./shi.bu.ya.e./i.ki.ma.shi.ta.

坐巴士去澀谷。

この辺(へん)にはバスが通(とお)っていますか。

ko.no.he.ni.wa./ba.su.ga./to.o.tte.i.ma.su.ka.

這邊有巴士經過嗎？

延伸單字

高速(こうそく)バス	長程巴士 ko.u.so.ku.ba.su.
観光(かんこう)バス	觀光巴士 ka.n.ko.u.ba.su.
バスツアー	巴士旅行 ba.su.tsu.a.a.
市(し)バス	市營巴士 shi.ba.su.

駅（えき）
e.ki.

車站

說明

火車的車站稱爲「駅（えき）」，巴士的總站稱爲「ターミナル」巴士停靠站則是「バス停（てい）」。

實用短句

この列車（れっしゃ）の始発駅（しはつえき）は品川駅（しながわえき）です。

ko.no.re.ssha.no./shi.ha.tsu.e.ki.wa./shi.na.ga.wa.e.ki.de.su.

這列火車是從品川站發車的。

品川駅（しながわえき）で乗（の）り換（か）えます。

shi.na.ga.wa.e.ki.de./no.ri.ka.e.ma.su.

在品川站換乘。

延伸單字

のりば	乘車處 no.ri.ba.
ホーム	月台 ho.o.mu.
改札口（かいさつぐち）	剪票口 ka.i.sa.tsu.gu.chi.
時刻表（じこくひょう）	時刻表 ji.ko.ku.hyo.u.

きっぷ
ki.ppu.
車票

說明

車票爲「きっぷ」，賣票的地方是「きっぷ売り場」；除了車票以外的票券稱爲「チケット」。

實用短句

地下鉄の切符を買います。

chi.ka.te.tsu.no./ki.ppu.o./ka.i.ma.shi.ta.

買地下鐵的車票。

京 都まで指定席の往復切符を2枚ください

kyo.u.to.ma.de./shi.te.i.se.ki.no./o.u.fu.ku.ki.pppu.o./ni.ma.i./ku.da.sa.i.

請給我到京都來回的指定席車票兩張。

延伸單字

チケット	票券 chi.ke.tto.
電子マネー	儲值卡 de.n.shi.ma.ne.e.
片道きっぷ	單程車票 ka.ta.mi.chi.ki.ppu.
往復きっぷ	來回車票 o.u.fu.ku.ki.ppu.

料金

ryo.u.ki.n.

費用

説明

「料金」是費用的意思，如「駐車料金」就是停車費的意思。

實用短句

郵便料金が上がりました。

yu.u.bi.n.ryo.u.ki.n.ga./a.ga.ri.ma.shi.ta.

郵寄金額變高了。

駐車料金は600円でした。

chu.u.sha.ryo.u.ki.n.wa./ro.bbya.ku.e.n.de.shi.ta.

停車費是600日圓。

延伸單字

乗車料金	乘車費 jo.u.sha.ryo.u.ki.n.
精算機	(車站內)補票機 se.i.sa.n.ki.
チャージ	加值 cha.a.ji.
運賃	車費 u.n.chi.n.

乗り換え

no.ri.ka.e.

換車

說明

「乗り換え」是換乘、轉乘之意。坐過頭則是「乗り越し」。

實用短句

新宿で山手線に乗り換えです。

shi.n.ju.ku.de./ya.ma.no.te.se.n.ni./no.ri.ka.e.de.su.

在新宿站換乘山手線。

乗り換え駅を通り越してしまいました。

no.ri.ka.e.e.ki.o./to.o.ri.ko.shi.te./shi.ma.i.ma.shi.ta.

坐過頭錯過轉乘的車站。

延伸單字

乗り換え駅	轉乘站 no.ri.ka.e.e.ki.
連絡改札口	轉乘兩線的連通票口 re.n.ra.ku.ka.i.sa.tsu.gu.chi.
乗り換えきっぷ	轉乘車票 no.ri.ka.e.ki.ppu.

おうふく
往復
o.u.fu.ku.
來回

說明

來回是「往復(おうふく)」，單程則是「片道(かたみち)」；去程是「往路(おうろ)」，回程是「復路(ふくろ)」。固定區間的定期月票則是「定期券(ていきけん)」。

實用短句

学校(がっこう)への往復(おうふく)はバスを利用(りよう)します。

ga.kko.u.e.no./o.u.fu.ku.wa./ba.su.o./ri.yo.u.shi.ma.su.

坐巴士往來學校。

往復料金(おうふくりょうきん)は3000円(えん)です。

o.u.fu.ku.ryo.u.ki.n.wa./sa.n.ze.n.e.n.de.su.

來回金額是3000日圓。

延伸單字

片道(かたみち)	單程 ka.ta.mi.chi.
復路(ふくろ)	回程 fu.ku.ro.
往路(おうろ)	去程 o.u.ro.
定期券(ていきけん)	定期車票 te.ki.ke.n.

通勤

つうきん

tsu.u.ki.n.

通勤

說明

上班或上學的通勤稱爲「通勤」，固定時間前往補習班、健身房等，則是用動詞「通います」。

實用短句

バスと電車で通勤しています。

ba.su.to./de.n.sha.de./tsu.u.ki.n.shi.te.i.ma.su.

坐巴士(公車)和火車通勤。

彼は随分遠くから通勤しています。

ka.re.wa./zu.i.bu.n./to.o.ku.ka.ra./tsu.u.ki.n.shi.te.i.ma.su.

他從很遠的地方通勤。

延伸單字

移動	移動(到某地) i.do.u.
通学	上學、通勤 tsu.u.ga.ku.
通います	固定時間前往某地 ka.yo.i.ma.su.
通勤時間	通勤時間 tsu.u.ki.n.ji.ka.n.

生活

每日一字

日語

街道

建物

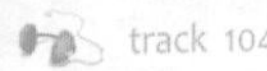

track 104

どうろ 道路

do.u.ro.

道路、馬路

說明

「道路」是指一般較大，車子行走的馬路。「街」則泛指所有的路。

實用短句

道路を横断します。

do.u.ro.o./o.u.da.n.shi.ma.su.

橫越馬路。

道路で遊んではいけません。

do.u.ro.de./a.so.n.de.wa./i.ke.ma.se.n.

不可以在馬路上玩。

延伸單字

街	街道 ma.chi.
繁華街	熱鬧的街道 ha.n.ka.ga.i.
商店街	商店街 sho.u.te.n.ga.i.

こうさてん
交差点
ko.u.sa.te.n.

路口

說明

路口稱爲「交差点（こうさてん）」，十字路口則爲「十字路（じゅうじろ）」。

實用短句

交差点（こうさてん）で乗用車（じょうようしゃ）とワゴン車（しゃ）が衝突（しょうとつ）しました。

ko.u.sa.te.n.de./jo.u.yo.u.sha.to./wa.go.n.sha.ga./sho.u.to.tsu.shi.ma.shi.ta.

在路口，自用車和廂型車相撞。

前（まえ）の交差点（こうさてん）を右（みぎ）へ曲（ま）がってください。

ma.e.no./ko.u.sa.te.n.o./mi.gi.e./ma.ga.tte./ku.da.sa.i.

請在前面的路口右轉。

延伸單字

信号（しんごう）	紅綠燈 shi.n.go.
十字路（じゅうじろ）	十字路口 ju.u.ji.ro.
三叉路（さんさろ）	三叉路 sa.n.sa.ro.

おうだんほどう

横断歩道

o.u.da.n.ho.do.u.

斑馬線

說明

「横断歩道」就是斑馬線，「歩行者天国」是行人徒步區。

實用短句

横断歩道を渡ります。

o.u.da.n.ho.do.u.o./wa.ta.ri.ma.su.

過斑馬線。

横断歩道で一旦停止します。

o.u.da.n.ho.do.u.de./i.tta.n./te.i.shi.shi.ma.su.

在斑馬線前暫時停車。

延伸單字

歩道	步道 ho.do.u.
通路	可以過的路 tsu.u.ro.
歩行者	行人 ho.ko.u.sha.
歩行者天国	行人徒步區 ho.ko.u.sha.te.n.ko.ku.

えいがかん
映画館
e.i.ga.ka.n.
電影院

說明

電影院一般說「映画館（えいがかん）」或是「劇場（げきじょう）」，複合式綜合商場有許多電影同時上映的是「シネコン」。

實用短句

休（やす）みはいつも映画館（えいがかん）に行（い）きます。

ya.su.mi.wa./i.tsu.mo./e.i.ga.ka.n.ni./i.ki.ma.su.

休假時總是去電影院。

映画館（えいがかん）で時間（じかん）をつぶします。

e.i.ga.ka.n.de./ji.ka.n.o./tsu.bu.shi.ma.su.

在電影院打發時間。

延伸單字

カラオケ	卡啦OK ka.ra.o.ke.
ネットカフェ	網咖 ne.tto.ka.fe.
シネコン	複合式影院 si.ne.ko.n.
劇場（げきじょう）	電影院、劇場 ge.ki.jo.u.

ビル
bi.ru.

大樓

說明

「ビル」泛指所有的大樓建築，矮的高的都叫「ビル」。

實用短句

世界一高いビルを建てます。

se.ka.i.i.chi.ta.ka.i.bi.ru.o./ta.te.ma.su.

建世界最高的樓。

駅前に新しいビルが増えています。

e.ki.ma.e.ni./a.ta.ra.shi.i.bi.ru.ga./fu.e.te.i.ma.su.

車站前的新大樓一直在增加。

延伸單字

建物	建築物 ta.te.mo.no.
高層ビル	高樓 ko.u.so.u.bi.ru.
超高層ビル	超高樓 cho.u.ko.u.so.bi.ru.
摩天楼	摩天樓 ma.te.n.ro.u.

ちゅうしゃじょう

駐車場

chu.u.sha.jo.u.

停車場

說明

停車場是「駐車場」，禁止停車是「駐車禁止」。

實用短句

專用駐車場に車を止めます。

se.n.yo.u.chu.u.sha.jo.u.ni./ku.ru.ma.o./to.me.ma.su.

在專用停車場停車。

駐車場で車をぶつけてしまいました。

chu.u.sha.jo.u.de./ku.ru.ma.o./bu.tsu.ke.te./shi.ma.i.ma.shi.ta.

停車場撞車。

延伸單字

駐車スペース	停車場 chu.u.sha.su.pe.e.su.
パーキングエリア	停車場 pa.a.ki.n.gu.e.ri.a.
立体駐車場	立體停車場 ri.tta.i.chu.u.sha.jo.u.
月極駐車場	月租式停車場 tu.ki.gi.me.chu.u.sha.jo.u.

track 107

交番

ko.u.ba.n.

警察局

說明

「交番」是規模較小的警察局，在車站或觀光地區，常看到警察局前面寫著「KOBAN」，即是「交番」之意。

實用短句

事件を交番に知らせます。

ji.ke.n.o./ko.u.ba.ni./shi.ra.se.ma.su.

到警局通報意外。

拾った金を交番に届けました。

hi.ro.tta.ka.ne.o./ko.u.ba.n.ni./to.do.ke.ma.shi.ta.

把撿到的錢交到警局。

延伸單字

おまわりさん	巡警 o.ma.wa.ri.sa.n.
駐在所	派出所 chu.u.za.i.sho.
観光案内所	觀光介紹所 ka.n.ko.u.a.n.na.i.jo.
インフォーメーション	詢問處 i.n.fo.o.me.e.sho.n.

びょういん
病院
byo.u.i.n.
醫院

說明

「病院」是統稱，較小型的診所也叫「診療所」或「クリニック」。

實用短句

彼は病院に入っています。

ka.re.wa./byo.u.i.n.ni./ha.i.tte.i.ma.su.

他在住院。

病院にいる課長を見舞いに行きます。

byo.u.i.n.ni..i.ru.ka.cho.u.o./mi.ma.i.ni./i.ki.ma.su.

去探望住院的課長。

延伸單字

診療所	小醫院 shi.n.ryo.u.jo.
クリニック	診所 ku.ri.ni.kku.
医療施設	醫療單位 i.ryo.u.shi.se.tsu.
診察室	看診間 shi.n.sa.shi.tsu.

アパート
a.pa.a.to.
公寓

說明

「アパート」指的是一般較簡單的公寓，若是門禁較嚴、較新式的，則稱爲「マンション」。

實用短句

アパートを借(か)ります。
a.pa.a.to.o./ka.ri.ma.su.
租公寓。

新(あたら)しいアパートに引越(ひっこ)しました。
a.ta.ra.shi.i./a.pa.a.to.ni./hi.kko.shi.ma.shi.ta.
搬到新的公寓。

延伸單字

マンション	高級公寓 ma.n.sho.n.
一軒家(いっけんや)	獨棟建築 i.kke.n.ya.
住宅(じゅうたく)	住宅 ju.u.ta.ku.
家(いえ)	家、房子 i.e.

としょかん
図書館
to.sho.ka.n.

圖書館

說明

在圖書館借書爲「貸し出し」，還書爲「返却」。

實用短句

図書館で勉強します。

to.sho.ka.n.de./be.n.kyo.u.shi.ma.su.

在圖書館念書。

図書館で本を借ります。

to.sho.ka.n.de./ho.n.o./ka.ri.ma.su.

在圖書館借書。

延伸單字

博物館	博物館 ha.ku.bu.tsu.ka.n.
美術館	美術館 bi.ju.tsu.ka.n.
科学館	科學館 ka.ga.ku.ka.n.
動物園	動物園 do.u.bu.tsu.e.n.

ゆうびんきょく

郵便局

yu.u.bi.n.kyo.ku.

郵局

說明

日本的郵局，除了一般的郵務，也有郵政銀行，叫做「ゆうちょ銀行」。

實用短句

郵便局はこのビルの1階にあります。

yu.u.bi.n.kyo.ku.wa./ko.no.bi.ru.no./i.kka.i.ni./a.ri.ma.su.

郵局在這棟大樓的1樓。

郵便局で切手を買います。

yu.u.bi.n.kyo.ku.de./ki.tte.o./ka.i.ma.su.

在郵局買郵票。

延伸單字

ポスト	郵筒 po.su.to.
銀行	銀行 gi.n.ko.u.
信用金庫	信用合作社 shi.n.yo.u.ki.n.ko.
金融機関	金融機關 ki.n.yu.u.ki.ka.n.

大自然風景

そら
空
so.ra.
天空

說明

天空是「空（そら）」，宇宙是「宇宙（うちゅう）」。

實用短句

空（そら）を飛（と）びます。

so.ra.o./to.bi.ma.su.

在天空中飛。

たこが空（そら）に舞（ま）い上（あ）がりました。

ta.ko.ga./so.ra.ni./ma.i.a.ga.ri.ma.shit.a.

風箏飛上了天空。

延伸單字

宇宙（うちゅう）	宇宙 u.chu.u.
太陽（たいよう）	太陽 ta.i.yo.u.
月（つき）	月亮 tsu.ki.
星（ほし）	星星 ho.shi.

海
うみ

u.mi.

海洋

說明

「海（うみ）」是海洋，「なみ」是海浪，海嘯則是「つなみ」。

實用短句

沖縄（おきなわ）の海（うみ）で泳（およ）ぎたいです。

o.ki.na.wa.no./u.mi.de./o.yo.gi.ta.i.de.su.

想要在沖繩的海游泳。

今年（ことし）の夏（なつ）も海（うみ）へ行（い）きます。

ko.to.shi.no.na.tsu.mo./u.mi.e./i.ki.ma.su.

今年夏天也要去海邊。

延伸單字

海辺（うみべ）	海邊	u.mi.be.
海岸（かいがん）	海岸	ka.i.ga.n.
池（いけ）	池塘	i.ke.
湖（みずうみ）	湖	mi.zu.u.mi.

ya.ma.

山

說明

日本最具代表性的山就是「富士山（ふじさん）」。

實用短句

山（やま）を登（のぼ）ります。

ya.ma.o./no.bo.ri.ma.su.

登山。

スキーをしに山（やま）に行（い）きました。

su.ki.i.o./shi.ni./ya.ma.ni./i.ki.ma.shi.ta.

為了滑雪而到山裡。

延伸單字

丘（おか）	山丘 o.ka.
ふもと	山麓 fu.mo.to.
頂上（ちょうじょう）	山頂 cho.u.jo.u.
谷（たに）	山谷 ta.ni.

しま
島
shi.ma.
島

說明

日本是島嶼國家，日本列島就是「日本列島（にほんれっとう）」。

實用短句

彼（かれ）は小（ちい）さい島（しま）に住（す）んでいます。

ka.re.wa./chi.i.sa.i.shi.ma.ni./su.n.de.i.ma.su.

他住在小島上。

沖縄（おきなわ）は日本（にほん）にある島（しま）です。

o.ki.na.wa.wa./ni.ho.n.ni./a.ru./shi.ma.de.su.

沖繩是隸屬於日本的島嶼。

延伸單字

無人島（むじんとう）	無人島 mu.ji.n.to.u.
列島（れっとう）	列島 re.tto.u.
諸島（しょとう）	諸島、列島 sho.tto.u.
本島（ほんとう）	本島 ho.n.to.u.

かわ
川
ka.wa.

河、川

說明

日本的「河（かわ）」和「川（かわ）」都是相同的念法。

實用短句

川（かわ）を渡（わた）ります。

ka.wa.o./wa.ta.ri.ma.su.

渡河。

川（かわ）があふれました。

ka.wa.ga./a.fu.re.ma.shi.ta.

河川泛濫。

延伸單字

河川（かせん）	河川 ka.se.n.
運河（うんが）	運河 u.n.ga.
河（かわ）	河 ka.wa.
流（なが）れ	水流 na.ga.re.

たき
滝
ta.ki.

瀑布

說明

在瀑布下讓水沖洗雜念，鍛練自己身心的一種修行，叫做「滝行（たきぎょう）」。

實用短句

滝（たき）に打（う）たれます。

ta.ki.ni./u.ta.re.ma.su.

讓瀑布沖打自己的身體。

雨（あめ）が滝（たき）のように降（ふ）りました。

a.me.ga./ta.ki.no.yo.u.ni./fu.ri.ma.shi.ta.

雨像瀑布一樣落下。

延伸單字

沼（ぬま）	沼澤、泥沼 nu.ma.
池（いけ）	池塘 i.ke.
平野（へいや）	平原 he.i.ya.
盆地（ぼんち）	盆地 bo.n.chi.

森(もり)
mo.ri.

森林

說明

日本有許多森林，其中最多的就是杉樹林，杉樹在春天會產生許多花粉，這就是日本人在春天花粉過敏的原因。

實用短句

森(もり)の中(なか)を散歩(さんぽ)します。

mo.ri.no.na.ka.o./sa.n.po.shi.ma.su.

在森中散步。

広(ひろ)い森(もり)をハイキングします。

hi.ro.i./mo.ri.o./ha.i.ki.n.gu.shi.ma.su.

在廣大的森林中散步。

延伸單字

樹海(じゅかい)	樹海 ju.ka.i.
ジャングル	叢林 ja.n.gu.ru.
木(き)	樹 ki.
樹木(じゅもく)	樹木 ju.mo.ku.

とち
土地
to.chi.
土地

說明

土地可以指實際的地面，也可以指資產的土地。

實用短句

土地を耕します。
to.chi.o./ta.ga.ya.shi.ma.su.
耕作土地。

土地に投資します。
to.chi.ni./to.u.shi.shi.ma.su.
投資土地。

延伸單字

大地	大地 da.i.chi.
地面	地面 ji.me.n.
領土	領土 ryo.u.do.
国土	國土 ko.ku.do.

track 114

草原

so.u.ge.n.

草原

說明

草原是「草原」，平原是「平野」，高原是「高地」。

實用短句

雄大な草原をバスが走ります。

yu.u.da.i.na./so.u.ge.n.o./ba.su.ga./ha.shi.ri.ma.su.

巴士行駛在廣大的草原上。

草原で寝転がっています。

so.u.ge.n.de./ne.ko.ro.ga.tte.i.ma.su.

在草原上躺下來小憩。

延伸單字

平地	平地 he.i.chi.
高地	高地 ko.u.chi.
低地	低地 te.i.chi.
湿地	濕地 shi.cchi.

みずうみ
湖
mi.zu.u.mi.

湖

說明

日本最大的湖是在滋賀縣的「琵琶湖（びわこ）」，在當地可以坐遊湖船欣賞湖上風光。

實用短句

湖（みずうみ）で釣（つ）りをします。

mi.zu.u.mi.de./tsu.ri.o./shi.ma.su.

在湖上釣魚。

湖（みずうみ）で泳（およ）ぎます。

mi.zu.u.mi.de./o.yo.gi.ma.su.

在湖裡游泳。

延伸單字

堀（ほり）	較深的小水池 ho.ri.
水（みず）たまり	水窪 mi.zu.ta.ma.ri.
沼（ぬま）	泥沼 nu.ma.
ダム	水壩 da.mu.

渓谷（けいこく）
ke.i.ko.ku.

溪谷

説明

日本屬於多山國家，故也有許多有名的峽谷，像「高千穗峡（たかちほきょう）」、「黒部峡谷（くろべきょうこく）」等。

實用短句

車（くるま）が渓谷（けいこく）に転落（てんらく）しました。

ku.ru.ma.ga./ke.i.ko.ku.ni./te.n.ra.ku.shi.ma.shi.ta.

車子翻落到溪谷中。

橋（はし）は渓谷（けいこく）に掛（か）かっています。

ha.shi.wa./ke.i.ko.ku.ni./ka.ka.tte.i.ma.su.

橋橫跨在溪谷上。

延伸單字

峡谷（きょうこく）	峽谷 kyo.u.ko.ku.
谷（たに）	谷 ta.ni.
崖（がけ）	懸崖 ga.ke.
絶壁（ぜっぺき）	絕壁 ze.ppe.ki.

生活 每日一字 日語

植物

水果

蔬菜

植物

しょくぶつ

sho.ku.bu.tsu.

植物

說明

「植物」是所有植物的總稱，種植植物的動詞是用「植えます」。

實用短句

私の専門は植物生態学です。

wa.ta.shi.no.se.n.mo.n.wa./sho.ku.bu.tsu.se.i.ta.i.ga.ku.de.su.

我的專業是植物生態學。

植物を植えます。

sho.ku.bu.tsu.o./u.e.ma.su.

種植植物。

延伸單字

野生植物	野生植物 ya.se.i.sho.ku.bu.tsu.
園芸植物	園藝植物 e.n.ge.i.sho.ku.bu.tsu.
観葉植物	觀賞用植物 ka.n.yo.u.sho.ku.bu.tsu.
盆栽	盆栽 bo.n.sa.i.

くだもの

果物

ku.da.mo.no.

水果

說明

日本常見的水果有：蘋果「りんご」、橘子「みかん」、香蕉「ばなな」、草莓「いちご」、柿子「かき」。

實用短句

果物をたくさん食べます。

ku.da.mo.no.o./ta.ku.sa.n./ta.be.ma.su.

吃很多水果。

スーパーで果物を買います。

su.u.pa.a.de./ku.da.mo.no.o./ka.i.ma.su.

在超市買水果。

延伸單字

りんご	蘋果 ri.n.go.
バナナ	香蕉 ba.na.na.
いちご	草莓 i.chi.go.
みかん	橘子 mi.ka.n.

野菜（やさい）
ya.sa.i.
蔬菜

說明

日本常見的蔬菜有高麗菜「キャベツ」、白菜「白菜（はくさい）」、菠菜「ほうれん草（そう）」等。

實用短句

野菜（やさい）が高騰（こうとう）します。
ya.sa.i.ga./ko.u.to.u.shi.ma.su.
菜價居高不下。

野菜（やさい）を食（た）べます。
ya.sa.i.o./ta.be.ma.su.
吃蔬菜。

延伸單字

キャベツ	高麗菜 kya.be.tsu.
白菜（はくさい）	白菜 ha.ku.sa.i.
小松菜（こまつな）	小松菜 ko.ma.tsu.na.
ほうれん草（そう）	菠菜 ho.u.re.n.so.u.

きゅうり

kyu.u.ri.

小黃瓜

說明

日本常見的瓜類有：西瓜「スイカ」、黃瓜「きゅうり」、哈蜜瓜「メロン」。

實用短句

きゅうりの漬物を作ります。

kyu.u.ri.no./tsu.ke.mo.no.o./tsu.ku.ri.ma.su.

醃小黃瓜。

きゅうりを炒めます。

kyu.u.ri.o./i.ta.me.ma.su.

炒小黃瓜。

延伸單字

なす	茄子 na.su.
じゃがいも	馬鈴薯 ja.ga.i.mo.
さつまいも	地瓜 sa.tsu.ma.i.mo.
れんこん	蓮藕 re.n.ko.n.

ki.

樹、木

說明

單棵的樹是「木（き）」，整座森林則是「森（もり）」。

實用短句

木（き）に登（のぼ）ります。

ki.ni.no.bo.ri.ma.su.

爬樹。

木（き）を植（う）えます。

ki.o.u.e.ma.su.

種樹。

延伸單字

樹木	樹木 ju.mo.ku.
竹	竹子 ta.ke.
松	松樹 ma.tsu.
イチョウ	銀杏 i.cho.u.

はな
花
ha.na.

花

說明

日文中，花園是「ガーデン」，花瓶是「花瓶（かびん）」，花店是「お花屋（はなや）」。

實用短句

桜（さくら）の花（はな）が咲（さ）きました。

sa.ku.ra.no.ha.na.ga./sa.ki.ma.shi.ta.

櫻花開了。

花（はな）を部屋（へや）を飾（かざ）ります。

ha.na.o./he.ya.o./ka.za.ri.ma.su.

用花裝飾房間。

延伸單字

バラ	玫瑰 ba.ra.
コスモス	波斯菊 ko.su.mo.su.
さくら	櫻花 sa.ku.ra.
アジサイ	紫陽花 a.ji.sa.i.

くさ 草
ku.sa.

草

說明

「草(くさ)」是指草，草坪則是「芝生(しばふ)」。

實用短句

草(くさ)を刈(か)ります。

ku.sa.o./ka.ri.ma.su.

割草。

庭(にわ)は草(くさ)ぼうぼうです。

ni.wa.wa./ku.sa.bo.bo.u.de.su.

院子裡雜草叢生。

延伸單字

雑草(ざっそう)	雜草 za.sso.u.
薬草(やくそう)	藥草 ya.ku.so.u.
ハーブ	香草 ha.a.bu.
芝生(しばふ)	草坪 shi.ba.fu.

まめ

豆

ma.me.

豆

說明

日本常見的豆類有紅豆「あずき」、黑豆「黒豆」、蠶豆「そら豆」等。

實用短句

豆を煮ます。

ma.me.o.ni.ma.su.

煮豆子。

豆を蒔きます。

ma.me.o./ma.ki.ma.su.

種豆子撒下豆子的種子。

延伸單字

黒豆	黑豆 ku.ro.ma.me.
大豆	大豆 da.i.zu.
そら豆	蠶豆 so.ra.ma.me.
あずき	紅豆 a.zu.ki.

菜園(さいえん)

sa.i.e.n.

菜園

說明

「菜園(さいえん)」和中文裡的菜園意思相同，在自家庭院開闢小空間種菜的菜園，則叫做「家庭菜園(かていさいえん)」。

實用短句

菜園(さいえん)で野菜(やさい)を作(つく)ります。

sa.i.e.n.de./ya.sa.i.o.tsu.ku.ri.ma.su.

在菜園種蔬菜。

菜園(さいえん)でイチゴを育(そだ)てます。

sa.i.e.n.de./i.chi.go.o./so.da.te.ma.su.

在菜園種草莓。

延伸單字

家庭菜園(かていさいえん)	家庭菜園 ka.te.i.sa.i.e.n.
花畑(はなばたけ)	花田 ha.na.ba.ta.ke.
農場(のうじょう)	農場 no.u.jo.u.
茶畑(ちゃばたけ)	茶園 cha.ba.ta.ke.

ガーデニング
ga.a.de.ni.n.gu.
園藝

說明

「ガーデン」是花園，「ガーデニング」是園藝之意。

實用短句

去年からガーデニングを始めました。
kyo.ne.n.ka.ra./ga.a.de.ni.n.gu.o./ha.ji.me.ma.shi.ta.
去年開始從園藝。

海外でガーデニングを学びます。
ka.i.ga.i.de./ga.a.de.ni.n.gu.o./ma.na.bi.ma.su.
在國外學習園藝。

延伸單字

栽培	栽種 sa.i.ba.i.
農業	農業 no.u.gyo.u.
農芸	農藝 no.u.ge.i.
酪農	酪農 ra.ku.no.u.

オーガニック

o.o.ga.ni.kku.

有機

說明

「オーガニック」是有機之意，「オーガニック食品」則是有機食品。

實用短句

オーガニック食品しか食べません。

o.o.ga.ni.kku.sho.ku.hi.n.shi.ka./ta.be.ma.se.n.

只吃有機食品。

オーガニック農産物を生産します。

o.o.ga.ni.kku.no.u.sa.n.bu.tsu.o./se.i.sa.n.shi.ma.su.

生產有機農產品。

延伸單字

有機農業	有機農業 yu.u.ki.no.u.gyo.u.
無添加	無添加物 mu.te.n.ka.
天然素材	自然材質、天然植物 te.n.ne.n.so.za.i.

生活 每日一字 日語

動物

do.u.bu.tsu.

動物

說明

「動物」泛指所有動物；寵物則為「ペット」。

實用短句

彼は小動物が好きです。

ka.re.wa./sho.u.do.u.bu.tsu.ga./su.ki.de.su.

他喜歡小動物。

近くにいる動物を観察します。

chi.ka.i.ni./i.ru./do.u.bu.tsu.o./ka.n.sa.tsu.shi.ma.su.

觀察在近處的動物。

延伸單字

ペット	寵物 pe.tto.
けもの	野獸 ke.mo.no.
哺乳動物	哺乳動物 ho.nyu.u.do.u.bu.tsu.
動物園	動物園 do.u.bu.tsu.e.n.

こんちゅう
昆虫
ko.n.chu.u.

昆蟲

說明

常見的昆蟲有蚊子「蚊(か)」、蒼蠅「ハエ」、毛毛蟲「毛虫(けむし)」、蝴蝶「蝶(ちょう)」。

實用短句

昆虫(こんちゅう)を飼(か)います。

ko.n.chu.u.o./ka.i.ma.su.

養昆蟲。

昆虫(こんちゅう)を捕(と)ります。

ko.n.chu.u.o./to.ri.ma.su.

捉昆蟲。

延伸單字

カブトムシ	甲蟲 ka.bu.to.mu.shi.
鍬形虫(くわがたむし)	鍬形蟲 ku.wa.ga.ta.mu.shi.
蝶(ちょう)	蝴蝶 sho.u.
とんぼ	蜻蜓 to.n.bo.

track 123

さかな
魚
sa.ka.na.

魚

說明

常見的魚有金魚「金魚（きんぎょ）」、鮪魚「まぐろ」、鯖魚「さば」、秋刀魚「さんま」等。

實用短句

手（て）で魚（さかな）を捕（と）ります。

te.de./sa.ka.na.o./to.ri.ma.su.

用手捕魚。

魚（さかな）を焼（や）きます。

sa.ka.na.o./ya.ki.ma.su.

烤魚。

延伸單字

海洋生物（かいようせいぶつ）	海洋生物 ka.i.yo.u.se.i.bu.tsu.
鯛（たい）	鯛魚 ta.i.
さんま	秋刀魚 sa.n.ma.
鯖（さば）	鯖魚 sa.ba.

鳥
とり
to.ri.

鳥

說明

日本最常見的是烏鴉「カラス」、鳶「とび」、麻雀「すずめ」等。在日本「とり肉」指的是雞肉，而非鳥肉。

實用短句

鳥が空を飛んでいます。

to.ri.ga./so.ra.o./to.n.de.i.ma.su.

鳥在空中飛。

鳥に餌をやります。

to.ri.ni./e.sa.o./ya.ri.ma.su.

餵鳥吃飼料。

延伸單字

鶏	雞 ni.wa.to.ri.
鴨	鴨 ka.mo.
ガチョウ	鵝 ga.cho.u.
七面鳥	火雞 shi.chi.me.n.cho.u.

豚
ぶた

bu.ta.

豬

說明

「豚（ぶた）」指的是豬，豬肉則是「豚肉（ぶたにく）」，也可以說成「ポーク」。

實用短句

豚（ぶた）がぶうぶう鳴（な）いています。

bu.ta.ga./bu.u.bu.u.na.i.te.i.ma.su.

豬噗噗叫。

ミニ豚（ぶた）を飼（か）います。

mi.ni.bu.ta.o./ka.i.ma.su.

養迷你豬。

延伸單字

馬	馬 u.ma.
ロバ	驢 ro.ba.
いのしし	山豬 i.no.shi.shi.
しか	鹿 shi.ka.

さる

猿

sa.ru.

猴子

說明

「猿」指的是猴子，「チンパンジー」是黑猩猩，「ゴリラ」是大猩猩。

實用短句

猿が鳴いています。

sa.ru.ga./na.i.te.i.ma.su.

猴子在叫。

猿が温泉に入っています。

sa.ru.ga./o.n.se.n.ni./ha.i.tte.i.ma.su.

猴子泡溫泉。

延伸單字

ヒヒ	狒狒 hi.hi.
ゴリラ	大猩猩 go.ri.ra.
チンパンジー	黑猩猩 chi.n.pa.n.ji.i.

うさぎ

u.sa.gi.

兔子

說明

常被當寵物飼養的小動物有兔子「うさぎ」、黃金鼠「ハムスター」、貂「フェレット」。

實用短句

うさぎが餌（えさ）を食（た）べません。

u.sa.gi.ga./e.sa.o./ta.be.ma.se.n.

兔子不吃飼料。

うさぎが好（す）きです。

u.sa.gi.ga./su.ki.de.su.

喜歡兔子。

延伸學字

ハムスター	黃金鼠 ha.mu.su.ta.a.
ねずみ	老鼠 ne.zu.mi.
リス	松鼠 ri.su.
フェレット	貂 fe.re.tto.

かめ

亀

ka.me.

烏龜

說明

烏龜屬於爬蟲類，爬蟲類的日文是「爬虫類（はちゅうるい）」。

實用短句

亀（かめ）は冬眠（とうみん）から醒（さ）めました。

ka.me.wa./to.u.mi.n.ka.ra./sa.me.ma.shi.ta.

烏龜從冬眠中醒來了。

亀（かめ）を飼（か）います。

ka.me.o./ka.i.ma.su.

養烏龜。

延伸單字

爬虫類（はちゅうるい）	爬蟲類 ha.chu.u.ru.i.
カメレオン	變色龍 ka.me.re.o.n.
ヤモリ	壁虎 ya.mo.ri.
トカゲ	蜥蜴 to.ka.ge.

蛙（かえる）

ka.e.ru.

蛙

說明

蛙屬於兩棲類，兩棲類的日文是「両生類（りょうせいるい）」。

實用短句

蛙（かえる）が鳴（な）いています。

ka.e.ru.ga./na.i.te.i.ma.su.

蛙在叫。

夜（よる）にたくさんの蛙（かえる）が一斉（いっせい）に鳴（な）き出（だ）します。

yo.ru.ni./ta.ku.sa.n.no./ka.e.ru.ga./i.sse.i.ni./na.ki.da.shi.ma.su.

夜裡許多青蛙會一起大聲鳴叫。

延伸單字

両生類（りょうせいるい）	兩棲類 ryo.u.se.i.ru.i.
ガマガエル	蟾蜍 ga.ma.ga.e.ru.
サンショウウオ	山椒魚 sa.n.sho.u.u.o.

ひつじ
羊
hi.tsu.ji.

羊

說明

「羊（ひつじ）」指的是綿羊，山羊則是「やぎ」，羔羊是「ラム」。

實用短句

羊（ひつじ）を触（さわ）りました。

hi.tsu.ji.o./sa.wa.ri.ma.shi.ta.

摸羊。

羊（ひつじ）に餌（えさ）を与（あた）えます。

hi.tsu.ji.ni./e.sa.o./a.ta.e.ma.su.

餵羊吃飼料。

延伸單字

やぎ	山羊 ya.gi.
ラム	羔羊 ra.mu.
子羊（こひつじ）	小羊 ko.hi.tsu.ji.

犬

いぬ

i.nu.

狗

說明

流浪狗是「野良犬」，看門狗則是「番犬」。

實用短句

子犬がきゃんきゃん鳴いています。

ko.i.nu.ga./kya.n.kya.n.na.i.te.i.ma.su.

小狗汪汪叫著。

犬を散歩に連れて行きます。

i.nu.o./sa.n.po.ni./tsu.re.te./i.ki.ma.su.

帶狗去散步。

延伸單字

野良犬	流浪狗 no.ra.i.nu.
チワワ	吉娃娃 chi.wa.wa.
秋田犬	秋田犬 a.ki.da.i.nu.
柴犬	柴犬 shi.ba.i.nu.

ねこ
猫

ne.ko.

貓

說明

日本人會用「猫舌（ねこじた）」來形容吃東西怕燙，用「猫背（ねこぜ）」來形容人駝背。

實用短句

猫（ねこ）が顔（かお）を洗（あら）っています。

ne.ko.ga./ka.o.o./a.ra.tte.i.ma.su.

貓在洗臉。

猫（ねこ）が丸（まる）くなって寝（ね）ています。

ne.ko.ga./ma.ru.ku.na.tte./ne.te.i.ma.su.

貓縮成一團在睡覺。

延伸單字

アメリカンショートヘア	美國短毛貓 a.me.ri.kan.sho.o.to.he.a.
ロシアンブルー	俄羅斯藍貓 ro.shi.a.n.bu.ru.u.
ペルシャ	波斯貓 pe.ru.sha.
三毛猫（みけねこ）	毛貓 mi.ke.ne.ko.

牛
うし
u.shi.

牛

說明

「牛（うし）」是指動物的牛，若是牛肉，則說「牛肉（ぎゅうにく）」或「ビーフ」。

實用短句

牛（うし）を2頭（とう）飼（か）います。

u.shi.o./ni.to.u.ka.i.ma.su.

養了2頭牛。

牛（うし）は草食動物（そうしょくどうぶつ）です。

u.shi.wa./so.u.sho.ku.do.u.bu.tsu.de.su.

牛是草食動物。

延伸單字

馬（うま）	馬 u.ma.
ラクダ	駱駝 ra.ku.da.
アルパカ	羊駝 a.ru.pa.ka.
ラマ	駱馬 ra.ma.

生活每日一字日語

人體

人間
にんげん

ni.n.ge.n.

人類

說明

除了「人間」之外，還可以用「人」、「人類」表示人的意思。

實用短句

人間はみな平等です。

ni.n.ge.n.wa./mi.na.byo.u.do.u.de.su.

人生而平等。

そのような失敗はとても人間的なものです。

so.no.yo.u.na.shi.ppa.i.wa./to.te.mo./ni.n.ge.n.te.ki.na./mo.no.de.su.

像那樣的失敗是人都會有。

延伸單字

人	人 hi.to.
人類	人類 ji.n.ru.i.
国民	國民 ko.ku.mi.n.
市民	市民、公民 shi.mi.n.

頭（あたま）

a.ta.ma.

頭

說明

「頭（あたま）」可以指頭部，也可以指抽象的想法、思想。

實用短句

頭（あたま）を上（あ）げます。

a.ta.ma.o./a.ge.ma.su.

抬起頭。

子供（こども）の頭（あたま）をなでます。

ko.do.mo.no./a.ta.ma.o./na.de.ma.su.

摸小孩的頭。

延伸單字

髪（かみ）	頭髮 ka.mi.
首（くび）	脖子 ku.bi.
耳（みみ）	耳朵 mi.mi.
おでこ	額頭 o.de.ko.

顔
かお

ka.o.

臉

說明

「顔」是臉的意思，也可以用來指抽象的「臉皮」「顏面」。「顔色」則是臉色、氣色。

實用短句

恥ずかしくて顔が赤くなりました。

ha.zu.ka.shi.ku.te./ka.o.ga./a.ka.ku.na.ri.ma.shi.ta.

因為太丟臉(害羞)，所以臉都紅了。

顔を洗ってタオルで拭きました。

ka.o.o./a.ra.tte./ta.o.ru.de./fu.ki.ma.shi.ta.

洗了臉後用毛巾擦乾。

延伸單字

眉	眉毛 ma.yu.
目	眼睛 me.
鼻	鼻子 ha.na.
口	嘴巴 ku.chi.

ka.ra.da.

身體

說明

「体（からだ）」可以指身體、體型，也可以指健康狀態，身強體健就是「体（からだ）が丈夫（じょうぶ）です」；體弱多病「体（からだ）が弱（よわ）いです」。

實用短句

この服（ふく）は体（からだ）に合（あ）いません。

ko.no.fu.ku.wa./ka.ra.da.ni./a.i.ma.se.n.

這衣服和體態不合。

体（からだ）を鍛（きた）えます。

ka.ra.da.o./ki.ta.e.ma.su.

鍛練身體。

延伸單字

上半身（じょうはんしん）	上半身 jo.u.ha.n.shi.n.
下半身（かはんしん）	下半身 ka.ha.n.shi.n.
肉体（にくたい）	肉體 ni.ku.ta.i.
筋肉（きんにく）	肌肉 ki.n.ni.ku.

track 131

むね
胸
mu.ne.

胸

說明

「胸」指胸部，也可以指心情、感受，如「胸が一杯になります」(心裡有很深的感觸、感動)、「胸が高鳴ります」(情緒激動)、「胸に刻みます」(深深記憶在心裡)。

實用短句

胸に手を組みます。

mu.ne.ni./te.o.ku.mi.ma.su.

雙手叉在胸前。

胸いっぱい空気を吸います。

mu.ne.i.ppa.i./ku.u.ki.o./su.i.ma.su.

深呼吸、吸滿一大口氣。

延伸單字

心	心、心情 ko.ko.ro.
心臓	心臟 shi.n.zo.u.
肺	肺 ha.i.

なか
お腹
o.na.ka.
肚子

說明

「お腹（なか）」可以指肚子、腸胃；或是指內心，如「腹（はら）が黒（くろ）いです」(黑心、壞心)、「腹（はら）が立（た）ちます」(心裡覺得火大、生氣)。

實用短句

お腹（なか）が痛（いた）いです。
o.na.ka.ga./i.ta.i.de.su.
肚子痛。

お腹（なか）を壊（こわ）しました。
o.na.ka.o./ko.wa.shi.ma.shi.ta.
拉肚子。/吃壞肚子。

延伸單字

脇腹（わきばら）	側腹部 wa.ki.ba.ra.
ウェスト	腰圍 we.su.to.
胃腸（いちょう）	胃腸 i.cho.u.
肝臓（かんぞう）	肝臟 ka.n.zo.u.

手
te.

手

說明

指甲是「つめ」，手指是「指」。

實用短句

手を挙げます。

te.o./a.ge.ma.su.

舉手。

ポケットに手を入れました。

po.ke.tto.ni./te.o./i.re.ma.shi.ta.

把手放到口袋裡。

延伸單字

腕	手腕 u.de.
二の腕	上臂 ni.no.u.de.
指	手指 yu.bi.
手のひら	手心 te.no.hi.ra.

足（あし）
a.shi.
腳

說明

「ひざ」是膝蓋、「くるぶし」是腳踝、「かかと」是腳跟。

實用短句

足（あし）を伸（の）ばします。
a.shi.o./no.ba.shi.ma.su.
把腳伸直。

転（ころ）んで左足（ひだりあし）を折（お）りました。
ko.ro.n.de./hi.da.ri.a.shi.o./o.ri.ma.shi.ta.
因為跌倒而導致左腳骨折。

延伸單字

足先（あしさき）	腳尖 a.shi.sa.ki.
ふくらはぎ	小腿肚 fu.ku.ra.ha.ki
太もも	大腿 fu.to.mo.mo.
すね	足脛 su.ne.

筋肉（きんにく）
ki.n.ni.ku.

肌肉

說明

肌肉是「筋肉（きんにく）」，鍛鍊肌肉則是「筋（きん）トレ」。

實用短句

筋肉（きんにく）を鍛（きた）えます。
ki.n.ni.ku.o./ki.ta.e.ma.su.
鍛練肌肉。

筋肉（きんにく）をつけます。
ki.n.ni.ku.o./tsu.ke.ma.su.
練出肌肉。

延伸單字

腹筋（ふっきん）	腹肌 fu.kki.n.
上腕二頭筋（じょうわんにとうきん）	臂肌 jo.u.wa.n.ni.to.u.ki.n.
背筋（はいきん）	背肌 ha.i.ki.n.
マッチョ	有肌肉結實的身材 ma.ccho.

たいじゅう

体重

ta.i.ju.u.

體重

說明

體重減輕、變瘦的動詞是「痩せます」，變胖是「太ります」。

實用短句

体重を計ります。

ta.i.ju.u.o./ha.ka.ri.ma.su.

量體重。

体重が4キロ増えました。

ta.i.ju.u.ga./yo.n.ki.ro./fu.e.ma.shi.ta.

體重增加了4公斤。

延伸單字

ダイエット	減肥 da.i.e.tto.
体脂肪	體脂肪 ta.i.shi.bo.u.
肥満	肥胖 hi.ma.n.
栄養不足	營養不良 e.i.yo.u.fu.so.ku.

身長

shi.n.cho.u.

身高

說明

身高長得高是「背が高い」，長得矮是「背が低い」。

實用短句

彼は身長が高いです。

ka.re.wa./shi.n.cho.u.ga./ta.ka.i.de.su.

他長得很高。

身長が伸びました。

shi.n.sho.u.ga./no.bi.ma.shi.ta.

長高了。

延伸單字

背たけ	身高 se.ta.ke.
等身	相同大小、同等大 to.u.shi.n.
背中	背、背後 se.na.ka.

受傷 生病

病気（びょうき）
byo.u.ki.

生病

說明

生病的動詞是用「かかります」，感冒了則是「風邪（かぜ）を引（ひ）きました」。

實用短句

病気（びょうき）にかかりました。

byo.u.ki.ni./ka.ka.ri.ma.shi.ta.

生病了。

病気（びょうき）で倒（たお）れました。

byo.u.ki.de./ta.o.re.ma.shi.ta.

因為生病而倒下。

延伸單字

慢性病（まんせいびょう）	慢性病 ma.n.se.i.byo.u.
がん	癌 ga.n.
脳梗塞（のうこうそく）	中風 no.u.ko.u.so.ku.
生活習慣病（せいかつしゅうかんびょう）	文明病 se.i.ka.tsu.shu.u.ka.n.byo.u.

怪我

ke.ga.

傷、傷口

說明

受傷的動詞是用「怪我をします」也可以說「負傷します」。

實用短句

事故で腕に怪我をしました。

ji.ko.de./u.de.ni./ke.ga.o./shi.ma.shi.ta.

因為意外而受傷。

人に怪我をさせました。

hi.to.ni./ke.ga.o.sa.se.ma.shi.ta.

害人受傷。

延伸單字

切り傷	割傷 ki.ri.ki.zu.
捻挫	扭傷 ne.n.za.
骨折	骨折 ko.sse.tsu.
負傷	受傷 fu.sho.u.

かぜ

風邪

ka.ze.

感冒

說明

感冒的動詞是「風邪をひきました。」，流行性感冒是「インフルエンザ」或「インフル」。

實用短句

風邪をひきました。

ka.ze.o.hi.ki.ma.shi.ta.

感冒了。

風邪がはやっています。

ka.ze.ga./ha.ya.tte.i.ma.su.

感冒正在流行。

延伸單字

インフルエンザ	流行性感冒 i.n.fu.ru.e.n.za.
高熱	高燒 ko.u.ne.tsu.
咳	咳嗽 se.ki.
鼻水	鼻水 ha.na.mi.zu.

きず
傷
ki.zu.

傷、傷口、傷痕

說明

「傷」可以指具體可見的傷痕，也可以指心理上的受傷，如「傷つきます」。

實用短句

傷を負いました。

ki.zu.o./o.i.ma.shi.ta.

受傷了。

傷の手当をします。

ki.zu.no./te.a.te.o./shi.ma.su.

處理傷口。

延伸單字

凍傷	凍傷 to.u.sho.u.
やけど	燙傷、燒傷 ya.ke.do.
打撲傷	跌打傷 da.bo.ku.sho.u.
擦り傷	擦傷 su.ri.ki.zu.

アレルギー
a.re.ru.gi.i.
過敏

說明

日本最常見的過敏症，就是春天時的花粉症「花粉症（かふんしょう）」。

實用短句

牛乳（ぎゅうにゅう）アレルギーがあります。
gyu.u.nyu.u.a.re.ru.gi.i.ga./a.ri.ma.su.
我對乳製品過敏。

ほこりでアレルギーをおこしました。
ho.ko.ri.de./a.re.ru.gi.i.o./o.ko.shi.ma.shi.ta.
因為灰塵引起過敏。

延伸單字

過敏症（かびんしょう）	過敏 ka.bi.n.sho.u.
花粉症（かふんしょう）	花粉症 ka.fu.n.sho.u.
じんましん	蕁麻疹 ji.n.ma.shi.n.
痒み（かゆ）	癢 ka.yu.mi.

発熱
ha.tsu.ne.tsu.

發燒

說明

發燒除了「発熱（はつねつ）」，還可以用「熱（ねつ）が出（で）ます」來表示。

實用短句

発熱（はつねつ）しています。

ha.tsu.ne.tsu.shi.te.i.ma.su.

正在發燒。

40度（ど）の発熱（はつねつ）です。

yo.n.ju.u.do.no./ha.tsu.ne.tsu.de.su.

發燒到40度。

延伸單字

体温（たいおん）	體溫 ta.i.o.n.
温度（おんど）	溫度 o.n.do.
平熱（へいねつ）	正常體溫 he.i.ne.tsu.
微熱（びねつ）	稍微發燒 bi.ne.tsu.

頭痛（ずつう）
zu.tsu.u.

頭痛

說明

「頭が痛い（あたまがいたい）」可以是頭痛的意思，也可以用來表示被某件事所困擾，覺得很苦惱。

實用短句

割れるような頭痛でした。
wa.re.ru.yo.u.na./zu.tsu.u.de.shi.ta.
頭痛得像是要裂開一樣。

ひどく頭痛がします。
hi.do.ku./zu.tsu.u.ga.shi.ma.su.
頭很痛。

延伸單字

腰痛	腰痛 yo.u.tsu.u.
胃痛	胃痛 i.tsu.u.
神経痛	神經痛 shi.n.ke.i.tsu.u.
痛み	疼痛 i.ta.mi.

やけど
ya.ke.do.
燙傷、燒傷

説明

燙傷是「やけど」，凍傷則是「凍傷」，晒傷是「日焼け」。

實用短句

全身に大やけどをしました。
ze.n.shi.n.ni./o.o.ya.ke.do.o./shi.ma.shi.ta.
全身嚴重燙傷。

熱湯でやけどしてしまいました。
ne.tto.u.de./ya.ke.do.shi.te./shi.ma.i.ma.shi.ta.
被燒水燙傷。

延伸單字

水ぶくれ	水泡 mi.zu.bu.ku.re.
凍傷	凍傷 to.u.sho.u.
掻き傷	抓傷 ka.ki.ki.zu.
傷跡	傷痕 ki.zu.a.to.

せいかつしゅうかんびょう 生活習慣病

se.i.ka.tsu.shu.u.ka.n.byo.u.

文明病

說明

「生活習慣病（せいかつしゅうかんびょう）」指的是飲食不正常、運動不足、抽菸、喝酒等生活習慣而引發的疾病。常見的有心臟病、高血壓、糖尿病、癌症、膽固醇過高……等。

實用短句

生活習慣病（せいかつしゅうかんびょう）を予防（よぼう）します。

se.i.ka.tsu.shu.u.ka.n.byo.u.o./yo.bo.u.shi.ma.su.

預防文明病。

生活習慣病（せいかつしゅうかんびょう）と診断（しんだん）されました。

se.i.ka.tsu.shu.u.ka.n.byo.u.to./shi.n.da.n.sa.re.ma.shi.ta.

被診斷為文明病。

延伸單字

心臓病（しんぞうびょう）	心臟病 shi.n.zo.u.byo.u.
糖尿病（とうにょうびょう）	糖尿病 to.u.nyo.u.byo.u.
高血圧（こうけつあつ）	高血壓 ko.u.ke.tsu.a.tsu.
肥満（ひまん）	肥胖 hi.ma.n.

肥満（ひまん）

hi.ma.n.

肥胖

說明

「肥満（ひまん）」是較醫學的說法，口語會說「太（ふと）ってます」，罵人是胖子，會說「デブ」。

實用短句

肥満（ひまん）になります。

hi.ma.n.ni./na.ri.ma.su.

變肥胖。

肥満（ひまん）しやすい体質（たいしつ）です。

hi.ma.n.shi.ya.su.i./ta.i.shi.tsu.de.su.

易胖體質。

延伸單字

太っています	胖 fu.to.tte./i.ma.su.
痩せています	瘦 ya.se.te./i.ma.su.
太ります	變胖 fu.to.ri.ma.su.
痩せます	變瘦 ya.se.ma.su.

ふくつう

腹痛

fu.ku.tsu.u.

肚子痛

說明

「腹痛」是肚子痛，笑到肚子痛則是「笑いすぎてお腹が痛くなりました」。

實用短句

腹痛がします。

fu.ku.tsu.u.ga./shi.ma.su.

肚子痛。

激しい腹痛に襲われます。

ha.ge.shi.i./fu.ku.tsu.u.ni./o.so.wa.re.ma.su.

肚子痛得厲害。

延伸單字

胃腸炎	腸胃炎 i.cho.u.e.n.
下痢	拉肚子 ge.ri.
腹くだし	拉肚子 ha.ra.ku.da.shi.
キリキリします	痛 ki.ri.ki.ri.shi.ma.su.

生活 每日一字 日語

宇宙

地球

chi.kyu.u.

地球

說明

地球儀是「地球儀」；地球暖化(溫室現象)是「地球温暖化」。

實用短句

地球は24時間に1回自転します。

chi.kyu.u.wa./ni.ju.yo.n.ji.ka.n.ni./i.kka.i./ji.te.n.shi.ma.su.

地球每24小時自轉一週。

南極は地球で一番寒いところです。

na.n.kyo.ku.wa./chi.kyu.u.de./i.chi.ba.n./sa.mu.i.to.ko.ro.de.su.

南極是地球上最冷的地方。

延伸單字

惑星	星球 wa.ku.se.i.
天体	天體 te.n.ta.i.
衛星	衛星 e.i.se.i.
金星	金星 ki.n.se.i.

月
つき

tsu.ki.

月亮

說明

滿月是「満月」、上弦月是「三日月」。

實用短句

月は満ち欠けします。

tsu.ki.wa./mi.chi.ka.ke.shi.ma.su.

月有陰晴圓缺。

月が沈みました。

tsu.ki.ga./shi.zu.mi.ma.shi.ta.

月亮落下(天亮)。

延伸單字

満月（まんげつ）	滿月 ma.n.ge.tsu.
残月（ざんげつ）	天將亮時的月亮 za.n.ge.tsu.
新月（しんげつ）	新月 sh.n.ge.tsu.
三日月（みかづき）	上弦月 mi.ga.zu.ki.

太陽(たいよう)

ta.i.yo.u.

太陽

說明

太陽可以說「太陽(たいよう)」，也可以說「お日様(ひさま)」。

實用短句

太陽(たいよう)は東(ひがし)から昇(のぼ)ります。

ta.i.yo.u.wa./hi.ga.shi.ka.ra./no.bo.ri.ma.su.

太陽從東方升起。

太陽(たいよう)の光(ひかり)が眩(まぶ)しいです。

ta.i.yo.u.no./hi.ka.ri.ga./ma.bu.shi.i.de.su.

陽光很刺眼。

延伸單字

日食(にっしょく)	日蝕 ni.ssho.ku.
日射(ひざ)し	陽光 hi.za.shi.
日(ひ)かげ	太陽照射下的陰影處 hi.ka.ge.
日当(ひあ)たり	日照 hi.a.ta.ri.

星座

se.i.za.

星座

說明

「星座」的用法和中文一樣，可以指天體的星座，也可以指生日的星座。

實用短句

星座の位置を見つけます。

se.i.za.no./i.chi.o./mi.tsu.ke.ma.su.

尋找天空中星座的位置。

星座を探します。

se.i.za.o./sa.ga.shi.ma.su.

尋找天空中星座的位置。

延伸單字

星座占い	星座占卜 se.i.za.u.ra.na.i.
恒星	恒星 ko.u.se.i.
北斗七星	北斗七星 ho.ku.do.shi.chi.se.i.
流星群	流星群、流星雨 ryu.u.se.i.gu.n.

わくせい
惑星
wa.ku.se.i.
星球

說明

常見的星球有「地球(ちきゅう)」、「火星(かせい)」、「木星(もくせい)」、「土星(どせい)」等。

實用短句

銀河系(ぎんがけい)には、地球(ちきゅう)のような惑星(わくせい)が全体(ぜんたい)で数百億(すうひゃくおく)あります。

gi.n.ga.ke.i.ni.wa./chi.kyu.u.no.yo.u.na./wa.ku.se.i.ga./ze.n.ta.i.de./su.u.hya.ku.o.ku./a.ri.ma.su.

在銀河系裡，共有數百億個像地球這樣的星球。

火星(かせい)は地球(ちきゅう)の一(ひと)つ外側(そとがわ)を公転(こうてん)している惑星(わくせい)です。

ka.se.i.wa./chi.kyu.u.no./hi.to.tsu./so.to.ga.wa.o./ko.u.te.n.shi.te.i.ru./wa.ku.se.i.de.su.

火星是在地球外公轉的星球之一。

延伸單字

木星(もくせい)	木星 mo.ku.se.i.
土星(どせい)	土星 do.se.i.
天王星(てんのうせい)	天王星 te.n.no.u.se.i.

宇宙飛行士

u.chu.u.hi.ko.u.shi.

太空人

說明

「宇宙飛行士」是太空人，「スペースシャトル」是太空船。

實用短句

将来は宇宙飛行士になりたいです。

sho.u.ra.i.wa./u.chu.u.hi.ko.u.shi.ni./na.ri.ta.i.de.su.

將來想成為太空人。

彼は宇宙飛行士として世間に知られています。

ka.re.wa./u.chu.u.hi.ko.u.shi.to.shi.te./se.ke.n.ni./shi.ra.re.te.i.ma.su.

他以太空人的身分廣為人知。

延伸單字

スペースマン	太空人 su.pe.e.su.ma.n.
人工衛星	人造衛星 ji.n.ko.u.e.i.se.i.
スペースシャトル	太空船 su.pe.e.su.sha.to.ru.

流星（りゅうせい）

ryu.u.se.i.

流星

說明

「流星（りゅうせい）」是流星也可以說「流れ星（ながれぼし）」，「流星群（りゅうせいぐん）」是流星雨。

實用短句

流星（りゅうせい）に願（ねが）い事（ごと）を伝（つた）えます。

ryu.u.se.i.ni./ne.ga.i.ko.to.o./tsu.ta.e.ma.su.

向流星許願。

しし座（ざ）流星群（りゅうせいぐん）を見（み）ます。

shi.shi.za./ryu.u.se.i.gu.n.o./mi.ma.su.

看獅子座流星雨。

延伸單字

流れ星（ながれぼし）	流星 na.ga.re.bo.shi.
天体現象（てんたいげんしょう）	天文現象 te.n.ta.i.ge.n.sho.u.
隕石（いんせき）	隕石 i.n.se.ki.
願います（ねがいます）	許願、拜託 ne.ga.i.ma.su.

ロケット
ro.ke.tto.
火箭

說明

「ロケット」可以指向太空發射的火箭，也可以指一般的火箭。

實用短句

ロケットを打(う)ち上げます。
ro.ke.tto.o./u.chi.a.ge.ma.su.
發射火箭。

ロケットを発射(はっしゃ)しました。
ro.ke.tto.o./ha.ssha.shi.ma.shi.ta.
發射火箭。

延伸單字

ミサイル	導彈 mi.sa.i.ru.
宇宙(うちゅう)ロケット	太空火箭 u.chu.u.ro.ke.tto.
多段式(ただんしき)ロケット	多段式火箭 ta.da.n.shi.ki.ro.ke.tto.
打(う)ち上(あ)げます	發射 u.chi.a.ge.ma.su.

星（ほし）
ho.shi.

星星、星球

說明

夜空裡發亮的星星就叫做「星（ほし）」。流星是「彗星（すいせい）」。

實用短句

空（そら）には星（ほし）が瞬（またた）いています。

so.ra.ni.wa./ho.shi.ga./ma.ta.ta.i.te./i.ma.su.

星星在夜空中閃耀。

彼（かれ）くらいの歌手（かしゅ）なら星（ほし）の数（かず）ほどいます。

ka.re.ku.ra.i.no./ka.shu.na.ra./ho.shi.no.ka.zu.ho.do./i.ma.su.

像他這種程度的歌手，和星星一樣多。

延伸單字

天体（てんたい）	天體 te.n.ta.i.
彗星（すいせい）	慧星 su.i.se.i.
ほうき星（ぼし）	慧星 ho.u.ki.bo.shi.
ギャラクシー	銀河 gya.ra.ku.shi.i.

生活 每日一字 日語

衣物

コート

ko.o.to.

外套、大衣

說明

「コート」指的是一般的大衣，「アウター」是外套，「ジャケット」是夾克，「ダウンコート」或「ダウンジャケット」是羽絨衣。

實用短句

コートを着(き)ます。

ko.o.to.o./ki.ma.su.

穿大衣。

コートを脱(ぬ)ぎます。

ko.o.to.o./nu.gi.ma.su.

脫下大衣。

延伸單字

上着(うわぎ)	上衣 u.wa.gi.
アウター	外套 a.u.ta.a.
ダウンコート	羽絨外套 da.u.n.ko.o.to.
ジャケット	夾克 ja.ke.tto.

スーツ
su.u.tsu.
西裝、套裝

說明

「スーツ」指的是西裝或女性套裝等正式場合穿的套裝。

實用短句

スーツを着(き)て仕事(しごと)をしています。
su.u.tsu.o./ki.te./shi.go.to.o./shi.te.i.ma.su.
穿著西裝(套裝)工作。

スーツを着(き)て面接会場(めんせつかいじょう)に向(む)かいます。
su.u.tsu.o.ki.te./me.n.se.tsu.ka.i.jo.u.ni./mu.ka.i.ma.su.
穿著西裝(套裝)前往面試會場。

延伸單字

スカートスーツ	套裝(裙裝) su.ka.a.to.su.u.tsu.
オーダースーツ	訂製套裝 o.o.da.a.su.u.tsu.
リクルートスーツ	就職、找工作時穿的西裝 ri.ku.ru.u.to.su.su.tsu.
ワイシャツ	白襯衫 wa.i.sha.tsu.

スカート
su.ka.a.to.
裙子

說明

長裙是「ロングスカート」，迷你裙是「ミニスカート」，連身裙是「ワンピース」。穿裙子用的動詞是「はきます」。

實用短句

ミニスカートをはきます。
mi.ni.su.ka.a.to.o./ha.ki.ma.su.
穿迷你裙。

スカートを脱(ぬ)ぎます。
su.ka.a.to.o./nu.gi.ma.su.
脫下裙子。

延伸單字

タイトスカート	窄裙 ta.i.to.su.ka.a.to.
ミニスカート	迷你裙 mi.ni.su.ka.a.to.
ロングスカート	長裙 ro.n.gu.su.ka.a.to.
ワンピース	連身裙 wa.n.pi.i.su.

パンツ

pa.n.tsu.

內褲

說明

短褲是「ショートパンツ」，長褲是「ロングパンツ」。
穿褲子的動詞，和裙子一樣，是用「はきます」。

實用短句

海水パンツをはきます。

ka.i.su.i.pa.n.tsu.o./ha.ki.ma.su.

穿海灘褲。

Tシャツにショートパンツで来ました。

ti.sha.tsu.ni./sho.o.to.pa.n.tsu.de./ki.ma.shi.ta.

穿T恤和短褲來。

延伸單字

ロングパンツ	長褲 ro.n.gu.pa.n.tsu.
カプリパンツ	七分褲(非全長的褲子) ka.pu.ri.pa.n.tsu.
クロップドパンツ	褲裙 ku.ro.ppu.do.pa.n.tsu.
ショートパンツ	短褲 sho.o.to.pa.n.tsu.

シャツ
sha.tsu.

襯衫

說明

襯衫是「シャツ」，T恤是「Tシャツ」。穿襯衫的動詞是用「着(き)ます」。

實用短句

シャツにシワがつきました。
sha.tsu.ni./shi.wa.ga./tsu.ki.ma.shi.ta
襯衫上有了皺摺。

シャツにアイロンをかけます。
sha.tsu.ni./a.i.ro.n.o./ka.ke.ma.su.
熨燙襯衫。

延伸單字

ワイシャツ	白襯衫 wa.i.sha.tsu.
半袖(はんそで)シャツ	短袖襯衫 ha.n.so.de.sha.tsu.
Tシャツ	T恤 ti.sha.tsu.
ブラウス	短版上衣 bu.ra.u.su.

靴(くつ)

ku.tsu.

鞋子

說明

鞋子是「靴(くつ)」，襪子是「靴下(くつした)」。穿鞋子襪子，使用的動詞是「はきます」。

實用短句

靴(くつ)をはきます。

ku.tsu.o./ha.ki.ma.su.

穿鞋子。

靴(くつ)を脱(ぬ)いであがってください。

ku.tsu.o./nu.i.de./a.ga.tte.ku.da.sa.i.

請脫鞋進來。

延伸單字

革靴(かわぐつ)	皮鞋 ka.wa.gu.tsu.
パンプス	淺口便鞋、娃娃鞋 pa.n.pu.su.
ブーツ	長靴 bu.u.tsu.
カジュアルシューズ	休閒鞋 ka.ju.a.ru.shu.u.zu.

track 149

アクセサリー

a.ku.se.sa.ri.i.

首飾、配件

說明

「アクセサリー」使用的動詞是「つけます」。

實用短句

アクセサリーをつけます。

a.ku.se.sa.ri.i.o./tsu.ke.ma.su.

配戴配件。

かのじょ
彼女はめったにアクセサリーをつけません。

ka.no.jo.wa./me.tta.ni./a.ku.se.sa.ri.o./tsu.ke.ma.se.n.

她很少戴配件。

延伸單字

ゆびわ 指輪	戒指 yu.bi.wa.
ネックレス	項鍊 ne.kku.re.su.
ピアス	耳環 pi.a.su.
イヤリング	耳環 i.ya.ri.n.gu.

パジャマ

pa.ja.ma.

睡衣

說明

睡衣是「パジャマ」，在家裡穿的居家服是「ルームウェア」，外出的衣服是「普段着(ふだんぎ)」。

實用短句

普段着(ふだんぎ)からパジャマに着替(きが)えます。

fu.da.n.gi.ka.ra./pa.ja.ma.ni./ki.ga.e.ma.su.

換下外出的衣服穿上睡衣。

パジャマを洗(あら)います。

pa.ja.ma.o./a.ra.i.ma.su.

洗睡衣。

延伸單字

ルームウェア	居家服 ru.u.mu./we.a.
肌着(はだぎ)	貼身衣物 ha.da.gi.
バスローブ	浴袍 ba.su.ro.o.bu.
ルームソックス	室內襪 ru.u.mu.so.kku.su.

帽子(ぼうし)
bo.u.shi.

帽子

說明

一般的帽子是「帽子(ぼうし)」，棒球帽是「キャップ」，毛線帽是「ニット帽子(ぼうし)」。戴帽子用的動詞是「かぶります」。

實用短句

帽子(ぼうし)をかぶります。
bo.u.shi.o./ka.bu.ri.ma.su.
戴帽子。

ニットの帽子(ぼうし)を編(あ)みます。
ni.tto.no./bo.u.shi.o./a.mi.ma.su.
織毛線帽。

延伸單字

ニット帽子(ぼうし)	毛線帽 ni.tto.bo.u.shi.
ハット	有帽沿的帽子 ha.tto.
キャップ	棒球帽 kya.ppu.
バンダナ	頭巾 ba.n.da.na.

マフラー

ma.fu.ra.a.

圍巾

說明

「マフラー」是圍巾，「スカーフ」、「ストール」是領巾、絲巾。圍圍巾用的動詞是「付けます」或「します」。

實用短句

マフラーを付けます。

ma.fu.ra.a.o./tsu.ke.ma.su.

圍圍巾。

マフラーを編みます。

ma.fu.ra.a.o./a.mi.ma.su.

織圍巾。

延伸單字

ストール	領巾、絲巾 su.to.o.ru.
スカーフ	領巾、絲巾 su.ka.a.fu.
ネックウォーマー	脖圍 ne.kku.wo.o.ma.a.

メガネ

me.ga.ne.

眼鏡

說明

戴眼鏡用的動詞是「掛(か)けます」。隱形眼鏡是「コンタクト」。

實用短句

メガネを掛(か)けます。

menga.ne.o./ka.ke.ma.su.

戴眼鏡。

湯気(ゆげ)でメガネが曇(くも)りました。

yu.ge.de./me.ga.ne.ga./ku.mo.ri.ma.shi.ta.

因為熱氣而讓眼鏡起霧。

延伸單字

サングラス	太陽眼鏡 sa.n.gu.ra.su.
双眼鏡(そうがんきょう)	望眼鏡 so.u.ga.n.kyo.u.
伊達(だて)メガネ	黑框眼鏡 da.te.me.ga.ne.
老眼鏡(ろうがんきょう)	老花眼鏡 ro.u.ga.n.kyo.u.

購物

ひゃっかてん

百貨店

hya.kka.te.n.

百貨公司

說明

百貨公司可以說「百貨店」也可以說「デパート」。

實用短句

駅周辺の百貨店で初売りがスタートしました。

e.ki.shu.u.he.n.no./hya.kka.te.n.de./ha.tsu.u.ri.ga./su.ta.a.to.shi.ma.shi.ta.

車站周遭的百貨開始新年特賣。

百貨店で買い物しました。

hya.kka.te.n.de./ka.i.mo.no./shi.ma.shi.ta.

在百貨公司買東西。

延伸單字

デパート	百貨公司 de.pa.a.to.
売り場	賣場 u.ri.ba.
デパ地下	百貨公司地下賣場、超市 de.pa.ch.ka.
フードコーナー	美食街 fu.u.do.ko.o.na.a.

モール

mo.o.ru.

購物中心

說明

「モール」爲「ショッピングモール」的簡稱，是購物中心的意思。

實用短句

駅前に新しいモールができました。

e.ki.ma.e.ni./a.ta.ra.shi.i./mo.o.ru.ga./de.ki.ma.shi.ta.

車站前開了間新的購物中心。

モールで1日を過ごしました。

mo.o.ru.de./hi.chi.ni.chi.o./su.go.shi.ma.shi.ta.

在購物中心度過1天。

延伸單字

ショッピングセンター	購物中心 sho.ppi.n.gu.se.n.ta.a.
店	店 mi.se.
ブランド	品牌 bu.ra.n.do.
フロアガイド	樓層簡介 fu.ro.a.ga.i.do.

しょうてんがい
商店街
sho.u.te.n.ga.i.

商店街

說明

「商店街（しょうてんがい）」指的是同一條街道上集中了各式店家。

實用短句

商店街（しょうてんがい）に出店（しゅってん）します。

sho.u.de.n.ga.i.ni./shu.tte.n.shi.ma.su.

在商店街開店。

商 店街（しょうてんがい）で買（か）い物（もの）します。

sho.u.te.n.ga.i.de./ka.i.mo.no.shi.ma.su.

在商店街買東西。

延伸單字

セール	特賣 se.e.ru.
バーゲン	特賣 ba.a.ge.n.
値下（ねさ）げ	降價 ne.sa.ge.
値切（ねぎ）り	殺價 ne.gi.ri.

屋台（やたい）
ya.ta.i.

攤販

說明

在日本，多半是在祭會、廟會等特殊活動時，才會有攤販出現。

實用短句

屋台（やたい）でラーメンを食（た）べました。

ya.ta.i.de./ra.a.me.n.o./ta.be.ma.shi.ta.

在路邊攤吃拉麵。

祭（まつ）りの日（ひ）は屋台（やたい）が道（みち）の両側（りょうがわ）に並（なら）びます。

ma.tsu.ri.no.hi.wa./ya.ta.i.ga./mi.chi.no./ryo.u.ga.wa.ni./na.ra.bi.ma.su.

祭典的時候，道路兩邊都是攤販。

延伸單字

露店（ろてん）	攤販 ro.te.n.
フリーマーケット	跳蚤市場 fu.ri.i.ma.a.ke.tto.
立（た）ち食（ぐ）い	沒有座位，站著吃的店 ta.chi.gu.i.

track 154

本屋

ほんや

ho.n.ya.

書店

說明

書店可以說「本屋」，也可以說「ブックストア」，舊書店是「古本屋」。

實用短句

本屋で働いています。

ho.n.ya.de./ha.ta.ra.i.te.i.ma.su.

在書店工作。

本屋で立ち読みしました。

ho.n.ya.de./ta.chi.yo.mi./shi.ma.shi.ta.

在書店站著看書。

延伸單字

文房具屋	文具店 bu.n.bo.u.gu.ya.
立ち読み	站著看書(不買) ta.chi.yo.mi.
キヨスク	車站的小賣店 ki.yo.su.ku.
ブックストア	書店 bu.kku.su.to.a/

ホームセンター

ho.o.mu.se.n.ta.a.

家庭五金量販店

說明

「ホームセンター」是專賣五金、木工等工具用品的量販店。

實用短句

ホームセンターで棚を買いました。

ho.o.mu.se.n.ta.a.de./ta.na.o./ka.i.ma.shi.ta.

在量販店買架子。

ホームセンターで購入した椅子は不良品です。

ho.o.mu.se.n.ta.a.de./ko.u.nyu.u.shi.ta./i.su.wa./fu.ryo.u.hi.n.de.su.

在量販店買的椅子是瑕疵品。

延伸單字

ドラッグストア	藥粧店 do.ra.ggu.su.to.a.
園芸用品	園藝用品 e.n.ge.n.i.yo.u.hi.n.
手工芸用品	手工藝用品 shu.ko.u.ge.i.yo.u.hi.n.
生活用品	生活用品 se.i.ka.tsu.yo.u.hi.n.

track 155

弁当屋（べんとうや）

be.n.to.u.ya.

便當店

說明

便當店是「弁当屋（べんとうや）」，賣煮好的各式菜餚的店是「惣菜屋（そうざいや）」。

實用短句

弁当屋（べんとうや）さんで昼食（ちゅうしょく）を買（か）いました。

be.n.to.u.ya.sa.n.de./chu.u.sho.ku.o./ka.i.ma.shi.ta.

在便當店買午餐吃。

弁当屋（べんとうや）をやっています。

be.n.to.u.ya.o./ya.tte.i.ma.su.

經營便當店

延伸單字

惣菜屋（そうざいや）	熟食店 so.u.za.i.ya.
食堂（しょくどう）	平價餐廳 sho.ku.do.u.
カフェ	咖啡廳 ka.fe.
レストラン	餐廳 re.su.to.ra.n.

売り場

u.ri.ba.

賣場

說明

「売り場」是賣場，「勘定」是結帳處。

實用短句

靴売り場はどこですか。

ku.tsu.u.ri.ba.wa./do.ko.de.su.ka.

鞋子的賣場在哪裡？

3階は婦人服売り場です。

sa.n.ka.i.wa./fu.ji.n.fu.ku.u.ri.ba.de.su.

3樓是女裝賣場。

延伸單字

ネットストア	網路商店 ne.tto.su.to.a.
ネットショッピング	網路購物 ne.tto.sho.ppi.n.gu.
特設会場	特賣會場 to.ku.se.tsu.ka.i.jo.u.
店舗	店鋪 te.n.po.

やおや
八百屋
ya.o.ya.
蔬菜店

說明

　やおや　　　　　　　　くだものや
「八百屋」是蔬菜店，「果物屋」是水果店。

實用短句

じっか　やおや
実家は八百屋をやっています。

ji.kka.wa./ya.o.ya.o./ya.tte.i.ma.su.

家裡是開蔬菜店的。

やおや　はたら
八百屋で働いています。

ya.o.ya.de./ha.ta.ra.i.te./i.ma.su.

在蔬菜店工作。

延伸單字

にくや 肉屋	肉店 ni.ku.ya.
せいにくてん 精肉店	肉店 se.i.ni.ku.te.n.
せんぎょてん 鮮魚店	魚店 se.n.gyo.te.n.
くだものや 果物屋	水果店 ku.da.mo.no.ya.

スーパー

su.u.pa.a.

超市

說明

「スーパー」是「スーパーマーケット」的簡稱。

實用短句

スーパーで野菜（やさい）を買（か）います。

su.u.pa.a.de./ya.sa.i.o./ka.i.ma.su.

在超市買蔬菜。

スーパーでバイトします。

su.u.pa.a.de./ba.i.to.shi.ma.su.

在超市打工。

延伸單字

スーパーマーケット	超市 su.u.pa.a.ma.a.ke.tto.
薬局（やっきょく）	藥局 ya.kkyo.ku.
売店（ばいてん）	商店 ba.i.te.n.

コンビニ
ko.n.bi.ni.

便利商店

說明

日本常見的便利商店有lawson「ローソン」、7-11「セブン」、全家「ファミマ」、OK「サークルK」。

實用短句

コンビニで電気代(でんきだい)を払(はら)います。

ko.n.bi.ni.de./de.n.ki.da.i.o./ha.ra.i.ma.su.

在便利商店繳電費。

帰(かえ)り道(みち)にコンビニに寄(よ)りました。

ka.e.ri.mi.chi.ni./ko.n.bi.ni.ni./yo.ri.ma.shi.ta.

回家時順便去趟便利商店。

延伸單字

ファーストフード店(てん)	速食店 fa.a.su.to.fu.u.do.te.n.
チェイン店(てん)	連鎖店 che.i.n.te.n.
飲食店(いんしょくてん)	餐飲業 i.n.sho.ku.te.n.

生活 每日一字 日語

動詞

働(はたら)きます
ha.ta.ra.ki.ma.su.

工作

說明

工作可以說「働(はたら)きます」，也可以用「勤(つと)めます」。

實用短句

父(ちち)は工場(こうじょう)で働(はたら)いています。

chi.chi.wa./ko.u.jo.u.de./ha.ta.ra.i.te.i.ma.su.

爸爸任職於工廠。

働(はたら)きすぎて体(からだ)をこわしてしまいました。

ha.ta.ra.ki.su.gi.te./ka.ra.da.o./ko.wa.shi.te.shi.ma.i.ma.shi.ta.

工作過度搞壞了身體。

延伸單字

勤(つと)めます	工作、任職 tsu.to.me.ma.su.
勤務(きんむ)します	任職 ki.n.mu.shi.ma.su.
稼(かせ)ぎます	賺錢 ka.se.gi.ma.su.
共働(ともばたら)き	(夫妻)雙薪 to.mo.ba.ta.ra.ki.

休(やす)みます

ya.su.mi.ma.su.

休息

說明

「休(やす)みます」是休息之意，名詞是「休(やす)み」。

實用短句

ちょっと勉強(べんきょう)を休(やす)みましょう。

cho.tto.be.n.kyo.u.o./ya.su.mi.ma.sho.u.

念書稍微休息一下吧。

昨日(きのう)会社(かいしゃ)を休(やす)みました。

ki.no.u./ka.i.sha.o./ya.su.mi.ma.shi.ta.

昨天休息沒去公司(向公司請假)。

延伸單字

寝(ね)ます	睡覺 ne.ma.su.
休憩(きゅうけい)します	休息 kyu.u.ke.i.shi.ma.su.
一休(ひとやす)み	喘口氣、休息一下 hi.to.ya.su.mi.
昼寝(ひるね)	午覺 hi.ru.ne.

勉強します

べんきょう

be.n.kyo.u.shi.ma.su.

念書

說明

「勉強します」是學習、念書之意，名詞是「勉強」。

實用短句

徹夜して勉強しました。

te.tsu.ya.shi.te./be.n.kyo.u.shi.ma.shi.ta.

熬夜念書。

コツコツ勉強します。

ko.tsu.ko.tsu./be.n.kyo.u.shi.ma.su.

努力用功念書。

延伸單字

学習（がくしゅう）	學習 ga.ku.shu.u.
研究（けんきゅう）	研究 ke.n.kyu.u.
独学（どくがく）	自學 do.ku.ga.ku.
自習（じしゅう）	自習 ji.shu.u.

行(い)きます
i.ki.ma.su.
去

說明

「行(い)きます」是去，較禮貌的說法，謙稱自己「去」的動作是「参(まい)ります」，尊稱對方「去」的動作是用「いらっしゃいます」。請對方慢走是「いってらっしゃい」。

實用短句

学校(がっこう)へ行(い)きます。

ga.kko.u.e./i.ki.ma.su.

去學校

車(くるま)で会社(かいしゃ)へ行(い)きます。

ku.ru.ma.de./ka.i.sha.e./i.ki.ma.su.

開車去公司。

延伸單字

通(かよ)います	通勤、固定前往某處 ka.yo.i.ma.su.
往復(おうふく)します	來回 o.u.fu.ku.shi.ma.su.
参(まい)ります	前去(謙稱) ma.i.ri.ma.su.
いらっしゃいます	前去(尊敬說法) i.ra.ssha.i.ma.su.

track 160

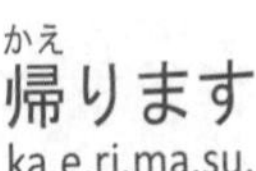

帰(かえ)ります

ka.e.ri.ma.su.

回來、回去

說明

「帰(かえ)ります」是回去的意思，「早退(そうたい)します」是提早退席、離開。

實用短句

彼(かれ)はもう帰(かえ)りました。

ka.re.wa.mo.u./ka.e.ri.ma.shi.ta.

他已經回去了。

学校(がっこう)から帰(かえ)りました。

ga.kko.u.ka.ra./ka.e.ri.ma.shi.ta.

從學校回來。

延伸單字

引(ひ)き返(かえ)します	回去 hi.ki.ka.e.shi.ma.su.
早退(そうたい)します	早退 so.u.ta.i.shi.ma.su.
帰宅(きたく)します	回家 ki.ta.ku.shi.ma.su.
帰国(きこく)します	回國 ki.ko.ku.shi.ma.su.

ki.ma.su.

來

說明

「き」是來的意思，「近寄ります」則是靠近之意。

實用短句

バスが来ました。

ba.su.ga./ki.ma.shi.ta.

巴士(公車)來了。

ここは来たことがあります。

ko.ko.wa./ki.ta.ko.to.ga./a.ri.ma.su.

我來過這裡。

延伸單字

近づきます	靠近 chi.ka.zu.ki.ma.su.
近寄ります	靠近 chi.ka.yo.ri.ma.su.
移動します	移動 i.do.u.shi.ma.su.
訪れます	拜訪 o.to.zu.re.ma.su.

track 161

食べます

ta.be.ma.su.

吃

說明

「食べます」是吃東西，「飲みます」是喝東西。試吃則是「試食します」。

實用短句

ご飯を食べます。

go.ha.n.o./ta.be.ma.su.

吃飯。

朝ごはんを食べましたか。

a.sa.go.ha.n.o./ta.be.ma.sh.ta.ka.

吃早餐了嗎？

延伸單字

味見します	試味道 a.ji.mi.shi.ma.su.
味わいます	品味 a.ji.wa.i.ma.su.
試食します	試吃 shi.sho.ku.shi.ma.su.
頬張ります	大口吃 ho.o.ba.ri.ma.su.

飲みます
no.mi.ma.su.

喝

說明

「飲みます」是喝的意思，吃藥也是用「飲みます」這個動詞。

實用短句

お茶を飲みながら話し合いました。
o.cha.o.no.mi.na.ga.ra./ha.na.shi.a.i.ma.shi.ta.
一邊喝茶一邊說話。

飲みに行きましょう。
no.mi.ni./i.ki.ma.sho.u.
一起去喝一杯吧。(這裡的飲み是喝酒的意思)

延伸單字

飲み込みます	吞進去 no.mi.ko.mi.ma.su.
丸呑みします	整個吞進去(引伸有囫圇吞棗、不求甚解之意) ma.ru.no.mi.shi.ma.su.
吸います	吸 su.i.ma.su.
ガブガブ	大口喝的樣子 ka.bu.ka.bu.

見ます

mi.ma.su.

看

說明

看電視是用「見ます」，自然進入視野看得見是「見えます」，努力看到某樣東西是「見れます」。

實用短句

テレビを見ます。

te.re.bi.o./mi.ma.su.

看電視。

あんな恐ろしい光景は見たことがありません。

a.n.na./o.so.ro.shi.i.ko.u.ke.i.wa./mi.ta.ko.to.ga./a.ri.ma.se.n.

從沒看過這麼駭人的光景。

延伸單字

眺めます	眺望 na.ga.me.ma.su.
見渡します	環視 mi.wa.ta.shi.ma.su.
見回します	環視 mi.ma.wa.shi.ma.su.
見上げます	向上看 mi.a.ge.ma.su.

買います

ka.i.ma.su.

買

說明

「買います」也可以說「購入します」。賣東西則是「売ります」。

實用短句

新しいシャツを買いました。

a.ta.ra.shi.i./sha.tsu.o./ka.i.ma.shi.ta.

買了新襯衫。

牛乳を買ってきます。

gyu.u.nyu.u.o./ka.tte.ki.ma.su.

去買牛奶。

延伸單字

購入します	購入 ko.u.nyu.u.shi.ma.su.
輸入します	進口 yu.nyu.u.shi.ma.su.
輸出します	出口 yu.shu.tsu.shi.ma.su.
買収します	併購 ba.i.shu.u.shi.ma.su.

書きます

ka.ki.ma.su.

寫

說明

寫字、寫信都是用「書きます」，寫e-mail也可以用這個字。但若是專指輸入文字的動作，則是「入力します」。

實用短句

字を上手に書きます。

ji.o./jo.u.zu.ni./ka.ki.ma.su.

字寫得很好。

エントリーシートを書きます。

e.n.to.ri.i.shi.i.to.o./ka.ki.ma.su.

寫應徵履歷。

延伸單字

手書き	手寫 te.ga.ki.
習字	書法 shu.u.ji.
写します	抄寫 u.tsu.shi.ma.su.
論述します	論述 ro.n.ju.tsu.shi.ma.su.

読みます

yo.mi.ma.su.

讀、念

說明

「読みます」可以指念出聲來，也可以用在看書、看報紙的「看」。

實用短句

本を読みます。

ho.n.o./yo.mi.ma.su.

讀書。

問題をちゃんと読んでください。

mo.n.da.i.o./cha.n.to./yo.n.de.ku.da.sa.i.

好好讀過題目。

延伸單字

朗読します	朗讀 ro.u.do.ku.shi.ma.su.
読み上げます	讀出聲 yo.mi.a.ge.ma.su.
棒読み	照稿念(不帶感情) bo.u.yo.mi.
黙読	默讀 mo.ku.do.ku.

聞きます

ki.ki.ma.su.

聽、問

説明

聽是「聴きます」，詢問是「聞きます」，念法相同漢字不同。但是經常會有混用的情況出現。

實用短句

警察に道を聞きます。

ke.i.sa.tsu.ni./mi.chi.o./ki.ki.ma.su.

向警察問路。

普段どんな音楽を聴いていますか。

fu.da.n.do.n.na./o.n.ga.ku.o./ki.i.te.i.ma.su.ka.

平常都聽什麼音樂？

延伸單字

聞き取ります	聽取、聽到、聽力練習 ki.ki.to.ri.ma.su.
試聴します	試聽 shi.cho.u.shi.ma.su.
問います	問 to.i.ma.su.
質問します	發問 shi.tsu.mo.n.shi.ma.su.

会います

a.i.ma.su.

見面、遇到

說明

「会います」可以指相約見面，也可以指碰巧遇見。

實用短句

両親に会いたいです。

ryo.u.shi.n.ni./a.i.ta.i.de.su.

想要見父母。

昔の友達に会いに行きます。

mu.ka.shi.no./to.mo.da.chi.ni./a.i.ni.i.ki.ma.su.

去見以前的朋友。

延伸單字

伺います	拜訪見面（較禮貌的說法） u.ka.ga.i.ma.su.
出会い	邂逅 de.a.i.
お目にかかります	見面（較禮貌的說法） o.me.ni.ka.ka.ri.ma.su.
知り合い	認識的人、朋友 shi.ri.a.i.

track 165

取ります

to.ri.ma.su.

拿

說明

「取ります」是拿、取的意思。

實用短句

紙を取ってください。

ka.mi.o./to.tte.ku.da.sa.i.

請拿紙。

その本を取ってきてください。

so.no.ho.n.o./to.tte.ki.te.ku.da.sa.i.

請幫我把那本書拿來。

延伸單字

握ります	握 ni.gi.ri.ma.su.
捕ります	捉、捕 to.ri.ma.su.
撮ります	照相 to.ri.ma.su.
取り込みます	拿進來 to.ri.ko.mi.ma.su.

興趣

読書（どくしょ）

do.ku.sho.

讀書

說明

「読書（どくしょ）」也可以說「本（ほん）を読（よ）む」。

實用短句

趣味（しゅみ）は読書（どくしょ）です。

shu.mi.wa./do.ku.sho.de.su.

興趣是閱讀。

彼（かれ）はいつも読書（どくしょ）にふけっています。

ka.re.wa./i.tsu.mo./do.ku.sho.ni./fu.ke.tte.i.ma.su.

他總是沉迷於閱讀之中。

延伸單字

リーディング	閱讀 ri.i.di.n.gu.
読（よ）み物（もの）	讀物 yo.mi.mo.no.
本（ほん）	書 ho.n.
雑誌（ざっし）	雜誌 za.sshi.

りょこう
旅行
ryo.ko.u.

旅行

說明

「旅行（りょこう）」是旅行，「ツアー」是團體旅行，「個人旅行（こじんりょこう）」是自由行。

實用短句

彼（かれ）らは世界一周旅行（せかいいっしゅうりょこう）をしています。

ka.re.ra.wa./se.ka.i.i.sshu.u.ryo.ko.u.o./shi.te.i.ma.su.

他們正在環遊世界。

鎌倉（かまくら）への2日間（ふつかかん）の旅行（りょこう）をしました。

ka.ma.ku.ra.e.no./fu.tu.ka.ka.n.no./ryo.ko.u.o.shi.ma.shi.ta.

去鎌倉玩了兩天。

延伸單字

日帰（ひがえ）り旅行（りょこう）	當日來回的旅行 hi.ga.e.ri.ryo.ko.u.
バスツアー	巴士觀光團 ba.su.tsu.a.a.
海外旅行（かいがいりょこう）	國外旅遊 ka.i.ga.i.ryo.ko.u.
国内旅行（こくないりょこう）	國內旅遊 ko.ku.na.i.ryo.ko.u.

映画（えいが）
e.i.ga.
電影

說明

「映画（えいが）」是電影之意，「映画化（えいがか）」是指文學或漫畫作品拍成電影。

實用短句

映画（えいが）を見（み）ることが好（す）きです。
e.i.ga.o./mi.ru.ko.to.ga./su.ki.de.su.
喜歡看電影。

彼（かれ）は映画監督（えいがかんとく）です。
ka.re.wa./e.i.ga.ka.n.to.ku.de.su.
他是電影導演。

延伸單字

ミュージカル	音樂劇 my.u.ji.ka.ru.
オペラ	歌劇 o.pe.ra.
コンサート	音樂會、演唱會 ko.n.sa.a.to.
演劇（えんげき）	舞台劇、劇 e.n.ge.ki.

さんぽ
散歩
sa.n.po.
散步

說明

「散歩」用的動詞是「します」，健走則是「ウォーキング」。

實用短句

公園を散歩します。
ko.u.en.o./sa.n.po.shi.ma.su.
在公園散步。

毎日両親と散歩します。
ma.i.ni.chi./ryo.u.shi.n.to./sa.n.po.shi.ma.su.
每天和父母去散步。

延伸單字

散策	散步 sa.n.sa.ku.
ぶらぶらします	閒晃 bu.ra.bu.ra.shi.ma.su.
彷徨います	徘徊、彷徨 sa.ma.yo.i.ma.su.
徘徊します	徘徊 ha.i.ka.i.shi.ma.su.

手芸
shu.ge.i.

手工藝

說明

「手芸」是手工藝的意思，如拼布「パッチワーク」、編織「編み物」都是屬於手工藝的一種。

實用短句

手芸が好きです。

shu.ge.i.ga./su.ki.de.su.

喜歡手工藝。

休みの日はいつも手芸です。

ya.su.mi.no.hi.wa./i.tsu.mo./shu.ge.i.de.su.

休假時總是在做手工藝。

延伸單字

編み物	編織 a.mi.mo.no.
パッチワーク	拼布 pa.cch.wa.a.ku.
油絵	油畫 a.bu.ra.e.
ししゅう	刺繡 shi.shu.u.

しゃしん

写真

sha.shi.n.

照相、照片

說明

攝影「写真」使用的動詞是「撮ります」。

實用短句

寫眞を撮ってもいいですか。

sha.shi.n.o./to.tte.mo./i.i.de.su.ka.

可以拍照嗎？

この写真はとてもよく撮れています。

ko.no.sha.shi.n.wa./to.te.mo./yo.ku.to.re.te.i.ma.su.

這張照片拍得很好。

延伸單字

撮影します	拍照、錄影 sa.tsu.e.i.shi.ma.su.
撮ります	拍(照) to.ri.ma.su.
画像	相片、圖片 ga.zo.u.
アルバム	相簿(專輯) a.ru.ba.mu.

登山（とざん）

to.za.n.

登山

說明

「登山（とざん）」是名詞，動詞則是「山（やま）に登（のぼ）ります」。

實用短句

彼（かれ）は登山（とざん）のプロです。

ka.re.wa./to.za.n.no./pu.ro.de.su.

他是登山專家。

いつも1人（ひとり）で登山（とざん）しています。

i.tsu.mo./hi.to.ri.de./to.za.n./shi.te.i.ma.su.

總是一個人去爬山。

延伸單字

山登り（やまのぼり）	登山 ya.ma.no.bo.ri.
ロッククライミング	攀岩 ro.kku.ku.ra.i.mi.n.gu.
ハイキング	健行 ha.i.ki.n.gu.
登頂（とうちょう）	攻頂 to.u.cho.u.

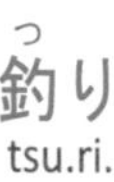

釣り

tsu.ri.

釣魚

說明

常見的釣魚方式有：夜釣「夜釣り」、海釣「海釣り」等。

實用短句

釣りに出掛けます。

tsu.ri.ni./de.ka.ke.ma.su.

出門釣魚。

鯛を釣りました。

ta.i.o./tsu.ri.ma.shi.ta.

釣到鯛魚。

延伸單字

海釣り	海釣 u.mi.zu.ri.
夜釣り	夜釣 yo.zu.ri.
サーフィン	衝浪 sa.a.fi.n.
水泳	游泳 su.i.e.i.

track 170

キャンピング

kya.n.pi.n.gu.

露營

說明

露營的日文是「キャンピング」，通常露營會搭配烤肉「バーベキュー」的活動。

實用短句

森にキャンピングに行きます。

mo.ri.ni./kya.n.pi.n.gu./i.ki.ma.su.

去森林裡露營。

海辺でキャンピングします。

u.mi.be.de./kya.n.pi.n.gu.shi.ma.su.

在海邊露營。

延伸單字

バーベキュー	烤肉 ba.a.be.kyu.u.
キャンプ場	露營場 kya.n.pu.jo.u.
寝袋	睡袋 ne.bu.ku.ro.
テント	帳篷 te.n.to.

ドライブ

do.ra.i.bu.

兜風

說明

「ドライブ」是開車出去外面兜風的意思，若是騎機車兜風則是「ツーリング」，騎腳踏車兜風則是「サイクリング」。

實用短句

横浜までドライブしました。

yo.ko.ha.ma.ma.de./do.ra.i.bu.shi.ma.shi.ta.

開車兜風到横濱。

新しい車に乗ってドライブしました。

a.ta.ra.shi.i./ku.ru.ma.ni./no.tte./do.ra.i.bu.shi.ma.shi.ta.

開新車去兜了風。

延伸單字

ツーリング	騎車出遊 tsu.u.ri.n.gu.
サイクリング	騎腳踏車出遊 sa.i.ku.ri.n.gu.
運転します	開車 u.n.te.n.shi.ma.su.

track 171

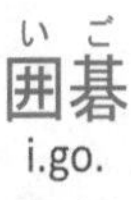

囲碁

i.go.

圍棋

説明

常見的棋類活動有圍棋「囲碁」、將棋「将棋」和西洋棋「オセロ」等。

實用短句

囲碁が好きです。

i.go.ga./su.ki.de.su.

喜歡圍棋。

囲碁を学びます。

i.go.o./ma.na.bi.ma.su.

學圍棋。

延伸單字

将棋	將棋 sho.u.gi.
数独	數獨 su.u.do.ku.
オセロ	西洋棋 o.se.ro.

畫、繪畫

說明

繪畫的動詞是「描きます」。

實用短句

絵を描きます。

e.o./ka.ki.ma.su.

畫畫。

この絵が好きです。

ko.no.e.ga./su.ki.de.su.

喜歡畫畫。

延伸單字

芸術品	藝術品 ge.i.ju.tsu.hi.n.
美術品	美術品 bi.ju.tsu.hi.n.
スケッチ	素描 su.ke.cchi.
漫画	漫畫 ma.n.ga.

インターネット

i.n.ta.a.ne.tto.

網路

說明

「インターネット」可以簡稱「ネット」。

實用短句

インターネットでバッグを買いました。

i.n.ta.a.ne.tto.de./ba.ggu.o./ka.i.ma.shi.ta.

在網路上買包包。

彼とはインターネットで知り合いました。

ka.re.to.wa./i.n.ta.a.ne.tto.de./shi.ri.a.i.ma.shi.ta.

我和他是在網路認識的。

延伸單字

ネット	網路 ne.tto.
オンラインゲーム	線上遊戲 o.n.ra.i.n.ge.e.mu.
ブログ	部落格 bu.ro.gu.
ツイッター	推特 tsu.i.tta.a.

生活
每日一字
日語

動漫電玩

アニメ

a.ni.me.

卡通、動畫

說明

「アニメ」是「アニメーション」的簡稱，也可以叫「動画（どうが）」。

實用短句

アニメを見（み）ています。

a.ni.me.o./mi.te.i.ma.su.

在看卡通。

あの漫画（まんが）もついにアニメ化（か）されました。

a.no.ma.n.ga.mo./tsu.i.ni./a.nime.ka.sa.re.ma.shi.ta.

那部漫畫終於被改編成卡通了。

延伸單字

動画（どうが）	卡通、影片 do.u.ga.
キャラクター	角色 kya.ra.ku.ta.a.
アニソン	動漫歌曲 a.ni.so.n.
声優（せいゆう）	配音員 se.i.yu.u.

漫画

ma.n.ga.

漫畫

說明

「漫画」也可以說「コミック」，漫畫雜誌則爲「マンガ誌」。

實用短句

将来は漫画家になりたいです。

sho.u.ra.i.wa./ma.n.ga.ka.ni./na.ri.ta.i.de.su.

將來想當漫畫家。

毎日漫画を読んでいます。

ma.i.ni.chi./ma.n.ga.o./yo.n.de.i.ma.su.

每天都看漫畫。

延伸單字

コミック	漫畫 ko.mi.kku.
4コマ漫画	4格漫畫 yo.n.ko.ma.ma.n.ga.
ホラー漫画	恐怖漫畫 ho.ra.a.ma.n.ga.
ギャグ漫画	搞笑漫畫 gya.gu.ma.n.ga.

マンガ誌（し）

man.ga.shi.

漫畫雜誌

說明

日本的漫畫雜誌十分盛行，近幾年雖然銷量不如以往，但仍有許多歷久不衰的漫畫雜誌，如「Jump」。

實用短句

毎週（まいしゅう）マンガ誌（し）を購入（こうにゅう）しています。

ma.i.shu.u.ma.n.ga.shi.o./ko.u.nyu.u.shi.te.i.ma.su.

每週都買漫畫雜誌。

購入（こうにゅう）したマンガ誌（し）を熟読（じゅくどく）します。

ko.u.nyu.u.shi.ta./ma.n.ga.shi.o./ju.ku.do.ku.shi.ma.su.

精讀購買的漫畫雜誌。

延伸單字

コミック誌（し）	漫畫雜誌 ko.mi.kku.shi.
週刊誌（しゅうかんし）	週刊 sho.u.ka.n.shi.
連載（れんさい）	連載 re.n.sa.i.
単行本（たんこうぼん）	單行本 ta.n.ko.u.bo.n.

ゲーム

ge.e.mu.

遊戲

説明

「ゲーム」可以指網路、電動遊戲或一般的遊戲，但若是比賽的話，則是說「試合（しあい）」。

實用短句

オンラインゲームにハマりました。

o.n.ra.i.n.ge.e.mu.ni./ha.ma.ri.ma.shi.ta.

沉迷線上遊戲。

休日（きゅうじつ）はいつもゲームします。

kyu.u.ji.tsu.wa./i.tsu.mo./ge.e.mu.shi.ma.su.

放假總是在玩電動。

延伸單字

ゲームアプリ	電動APP ge.e.mu.a.pu.ri.
ゲームセンター	電玩中心 ge.e.mu.se.n.ta.a.
オンラインゲーム	線上遊戲 o.n.ra.i.n.ge.e.mu.
ゲーム機（き）	遊戲機 ge.e.mu.ki.

一天一個單字，日語輕鬆學

SUN	MON	TUE	WED	THU	FRI	SAT

音樂

歌手

ka.shu.

歌手

說明

「歌手」是歌手，「シンガーソングライター」是會作詞作曲的創作歌手，「アーティスト」是指全方位藝人。

實用短句

彼女は歌手を目指しています。

ka.no.jo.wa./ka.shu.o./me.za.shi.te.i.ma.su.

她夢想成為一位歌手。

彼女は歌手として人気急上昇中です。

ka.no.jo.wa./ka.shu.to.shi.te./ni.n.ki.kyu.u.jo.u.sho.u.chu.u.de.su.

她以歌手的身分人氣急升。

延伸單字

ボーカリスト	主唱 bo.o.ka.ri.su.to.
演歌歌手	演歌歌手 e.n.ka.ka.shu.
アイドル歌手	偶像歌手 a.i.do.ru.ka.shu.
シンガーソングライター	創作歌手 shi.n.ga.a.so.n.gu.ra.i.ta.a.

ジャズ

ja.zu.

爵士

說明

「ジャズ」是爵士樂，其他常見的音樂類型還有：古曲樂「クラシック」、民俗音樂「民族音楽」、流行樂「ポップ」和搖滾樂「ロック」。

實用短句

ジャズを演奏します。

ja.zu.o./e.n.so.u.shi.ma.su.

演奏爵士樂。

曲をジャズ風に編曲しました。

kyo.ku.o./ja.zu.fu.u.ni./he.n.kyo.ku.shi.ma.shi.ta.

將曲子編成爵士曲風。

延伸單字

クラシック	古典樂 ku.ra.shi.kku.
民族音楽	民俗音樂 mi.n.zo.ku.o.n.ga.ku.
ポップ音楽	流行樂 po.ppo.o.n.ga.ku.
ロックンロール	搖滾樂 ro.kku.n.ro.o.ru.

ライブ

ra.i.bu.

演唱會、現場演奏

說明

演唱會、演奏會，可以稱作「ライブ」，也可以說「コンサート」或「公演」。

實用短句

好きなバンドのライブに行きました。

su.ki.na.ba.n.do.no./ra.i.bu.ni./i.ki.ma.shi.ta.

去聽喜歡的樂團的演唱會。

ライブの雰囲気が好きです。

ra.i.bu.no./fu.i.n.ki.ga./su.ki.de.su.

喜歡演唱會的氣氛。

延伸單字

公演	公演 ko.u.e.n.
コンサート	演唱會 ko.n.sa.a.to.
ツアー	巡迴演唱 tsu.a.a.
夏フェス	夏日音樂祭 na.tsu.fe.su.

オペラ

o.pe.ra.

歌劇

說明

「オペラ」是歌劇，「ミュージカル」是音樂劇。

實用短句

オペラを見(み)に行(い)きます。

o.pe.ra.o./mi.ni./i.ki.ma.su.

去看歌劇。

オペラを鑑賞(かんしょう)します。

o.pe.ra.o./ka.n.sho.u.shi.ma.su.

欣賞歌劇。

延伸單字

オーケストラ	交響樂團 o.o.ke.su.to.ra.
芝居(しばい)	戲劇、演戲 shi.ba.i.
オペラ歌手(かしゅ)	歌劇歌手 o.pe.ra.ka.shu.

バンド

ba.n.do.

樂團

說明

樂團主唱是「ボーカル」或「ボーカリスト」，獨唱單飛是「ソロ」。

實用短句

高校時代(こうこうじだい)の友達(ともだち)とバンドを組(く)みました。

ko.u.ko.u.ji.da.i.no./to.mo.da.chi.to./ba.n.do.o./ku.mi.ma.shi.ta.

和高中時的朋友合組樂團。

バンドをやめました。

ba.n.do.o./ya.me.ma.shi.ta.

不玩樂團了。

延伸單字

ソロ	單飛、獨唱 so.ro.
ボーカル	主唱 bo.o.ka.ru.
ドラム	鼓 do.ra.mu.
ベース	貝斯 be.e.su.

ポップ

po.ppu.

流行樂

說明

「ポップ」是流行樂，也可以寫成「POP」，日本流行音樂是「J-POP」，韓樂是「K-POP」。

實用短句

私はポップ曲が好きです。

wa.ta.shi.wa./po.ppu.kyo.ku.ga./su.ki.de.su.

我喜歡流行樂。

いつもJポップを聞いています。

i.tsu.mo./je.po.ppu.o./ki.i.te.i.ma.su.

一直都是聽日本流行樂。

延伸單字

ポップミュージック	流行音樂 po.ppu.myu.u.ji.kku.
フォークソング	民謠 fo.o.ku.so.n.gu.
テクノ	電音 te.ku.no.
映画音楽	電影配樂 e.i.ga.o.n.ga.ku.

國家圖書館出版品預行編目資料

每日一字生活日語 / 雅典日研所編著. -- 初版.
-- 新北市 : 雅典文化, 民102.03
面 ; 公分. -- (雅典文化生活日語 ; 4)
ISBN 978-986-6282-77-5(平裝附光碟片)
1.日語 2.詞彙
803.12　　102000063

生活日語系列 04

每日一字生活日語

編著／雅典日研所
責編／許惠萍
美術編輯／翁敏貴
封面設計／劉逸芹

法律顧問：方圓法律事務所／涂成樞律師

總經銷：永續圖書有限公司
永續圖書線上購物網
www.foreverbooks.com.tw

CVS代理／美璟文化有限公司
TEL：（02）2723-9968
FAX：（02）2723-9668

出版日／2013年03月

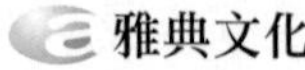

出版社
22103　新北市汐止區大同路三段194號9樓之1
TEL　（02）8647-3663
FAX　（02）8647-3660

生活日語
04

每日一字生活日語

雅致風靡　典藏文化

親愛的顧客您好，感謝您購買這本書。即日起，填寫讀者回函卡寄回至本公司，我們每月將抽出一百名回函讀者，寄出精美禮物並享有生日當月購書優惠！想知道更多更即時的消息，歡迎加入"永續圖書粉絲團"

您也可以選擇傳真、掃描或用本公司準備的免郵回函寄回，謝謝。

傳真電話：（02）8647-3660　　電子信箱：yungjiuh@ms45.hinet.net

姓名：　　性別：　□男　□女

出生日期：　年　月　日　電話：

學歷：　　職業：

E-mail：

地址：□□□

從何處購買此書：　　購買金額：　元

購買本書動機：□封面　□書名　□排版　□內容　□作者　□偶然衝動

你對本書的意見：

內容：□滿意□尚可□待改進　編輯：□滿意□尚可□待改進

封面：□滿意□尚可□待改進　定價：□滿意□尚可□待改進

其他建議：

剪下後傳真、掃描或寄回至「22103新北市汐止區大同路3段194號9樓之1雅典文化收」

您可以使用以下方式將回函寄回。

您的回覆，是我們進步的最大動力，謝謝。

① 使用本公司準備的免郵回函寄回。

② 傳真電話：（02）8647-3660

③ 掃描圖檔寄到電子信箱：

yungjiuh@ms45.hinet.net

沿此線對折後寄回，謝謝。

2 2 1 - 0 3

雅典文化事業有限公司　收

新北市汐止區大同路三段194號9樓之1

雅致風靡　典藏文化